畢璞全集・小說・七

春風野草

【推薦序一】

老樹春深更著花

封德屏

一九八六年四月，畢璞應《文訊》雜誌「筆墨生涯」專欄邀稿，發表〈三種境界〉一文，她在文末寫道：

這種職業很適合我這類沉默、內向、不善逢迎、不擅交際的書呆子型人物，我很高興我當年選擇了它。我既沒有後悔自己走上寫作這條路，又說過它是一種永遠不必退休的行業；那麼，看樣子，我是注定了此生還是要與筆墨為伍了。

畢璞自知甚深，更有定力付之行動，近三十年來她持續創作，陸續出版了數本散文、小說、自選集；三年前，為了迎接將臨的「九十大壽」，她整理近年發表的文章，出版了散文集

《老來可喜》。年過九十後，創作速度放緩，但不曾停筆。二〇〇九年元月《文訊》創辦的「銀光副刊」，至今刊登畢璞十二篇文章，上個月（二〇一四年十一月），她在「銀光副刊」發表了短篇小說〈生日快樂〉，此外，也仍偶有文章發表於《中華日報》副刊。畢璞用堅毅無悔的態度和纍纍的創作成果，結下她一生和筆墨的不解之緣。

一九四三年畢璞就發表了第一篇作品，五〇年代持續創作，創作出版的高峰集中在六〇、七〇年代。一九六八年到一九七九年是她作品的豐收期，這段時間有時一年出版三、四本，甚至五本。早些年，她是編寫雙棲的女作家，曾主編《大華晚報》家庭版、《公論報》副刊、《徵信新聞報》家庭版，並擔任《婦友月刊》總編輯，八〇年代退休後，算是全心歸回到自適自在的寫作生涯。

真摯與坦誠是畢璞作品的一貫風格。散文以抒情為主，用樸實無華的筆調去謳歌自然，讚頌生命；小說題材則著重家庭倫理、婚姻愛情。中年以後作品也側重理性思考與社會現象觀察。畢璞曾自言寫作不喜譁眾取寵、不造新僻字眼，強調要「有感而發」，絕不勉強造作。

畢璞生性恬淡，除了抗戰時逃難的日子，以及一九四九年渡海來台的一段艱苦歲月外，自認大半生風平浪靜。「淡泊名利，寧靜無為」是她的人生觀，讓她看待一切都怡然自得。雖然前後在報紙雜誌社等媒體工作多年，一九五五年也參加了「中國婦女寫作協會」，可能如她自己所言「個性沉默、內向，不擅交際」，多年來很少現身文壇活動。像她這樣一心執著於創作的人和其作品，在重視個人包裝、形象塑造，充斥各種行銷手法的出版紅海中，很容易會被湮沒遺忘。

然而，這位創作廣跨小說、散文、傳記、翻譯、兒童文學各領域，筆耕不輟達七十餘年的資深作家，冷月孤星，懸長空夜幕，環視今之文壇，可說是鳳毛麟角，珍稀罕見。在人們華服高軒、闊論清議之際，九三高齡的她，老樹春深更著花，一如往昔，正俯首案頭，筆尖不斷流淌出款款深情，如涓涓流水，在源遠流長的廣域，點點滴滴灌溉著每一寸土地。

感謝秀威資訊科技股份有限公司，在文學出版業益顯艱辛的此刻，奮力完成「畢璞全集」二十七冊的巨大工程。不但讓老讀者有「喜見故人」的驚奇感動，也讓年輕一代的讀者，有機會可以在快樂賞讀中，認識畢璞及其作品全貌。我們也希望透過文學經典這樣的再現與傳承，向這位永遠堅持創作的作家，表達我們由衷的尊崇與感謝之意。

民國一〇三年十二月

（封德屏：現任文訊雜誌社社長兼總編輯、臺灣文學發展基金會執行長、紀州庵文學森林館長。）

【推薦序二】

老來可喜話畢璞

吳宏一

一

上星期二（十月七日），我有事到《文訊》辦公室去。事畢，封德屏社長邀我去參觀她們蒐集珍藏的期刊。看到很多民國五、六十年前後風行文壇的文藝刊物，目前多已停刊，不勝嗟嘆。《暢流》、《自由青年》、《文星》等我投過搞、發表過創作的刊物不說，連一些當時發行不廣的小刊物，她們也多有蒐集。其用心之專、致力之勤，實在不能不令人讚嘆。於是我向她提起我高中以迄大學時期文學起步的一些往事，中間提到若干文藝刊物和若干文壇前輩對我的鼓勵和影響。其中特別提到我大學一年級，民國五十年的秋天，剛進入台大中文系讀書時所認識的一些前輩先進。像當時住在濟南路的紀弦，住在廈門街的余光中，住在南昌街菸酒公賣局宿舍的羅悟緣，住在安東市場旁的羅門、蓉子……我都曾經一一去走訪，謝謝他們採用或推薦過我的作品。過程歷歷在目，至今仍記憶猶新。比較特別的是，去新生南路夜訪覃子豪時，還遇見過魏子雲；去峨嵋街救國團舊址見程抱南、鄧禹平時，還順道去《公論報》探訪副刊主編畢璞……。

一提到畢璞，德屏立即接了話，說「畢璞全集」目前正編印中，問我願不願意為她「全集」寫個序言。我答：寫序不敢，但對我文學起步時曾經鼓勵或提攜過我的前輩，我非常樂意寫紀念性的文字。不過，我也同時表示，我與畢璞五十多年來，畢竟才見過兩三次面，她的作品我讀得並不多，要寫也得再讀讀她的生平著作，而且也要她還記得我，對往事有些共同的記憶才好。所以我建議，請德屏代問畢璞兩件事：一是她記不記得在我大一下學期（民國五十一年春），她和另一位女作家到台大校園參觀之事；一是她在主編《婦友》月刊期間，記不記得曾經約我寫過詩歌專欄。

德屏說好。第二日早上十點左右，畢璞來了電話，客氣寒暄之後，告訴我：她記得她和鍾麗珠早年曾到台大校園和我見過面，但對於《婦友》約我寫專欄之事，則毫無印象。她知道我沒有讀過她的作品集，說要寄兩三本來，又知道我怕她年老行動不便，改口說，要不然，幾天內如果我能抽空，就煩請德屏陪我去內湖看她，由她當面交給我，同時可以敘敘舊、聊聊天。

我當然贊成。我已退休，時間容易調配，只不知德屏事務繁忙，能不能抽出空暇。想不到與德屏聯絡後，當天下午，就由《文訊》編輯吳穎萍小姐聯絡好，約定十月十日下午三點一起去見畢璞。

二

十月十日國慶節，下午三點不到，我就如約搭文湖線捷運到葫洲站一號出口等。不久，德屏與穎萍來了。德屏領先，走幾分鐘路，到康寧老人安養中心去見畢璞。途中德屏說，畢璞雖然年逾九旬，行動有些不便，但能以歡樂的心情迎接老年，不與兒孫合住公寓，怕給家人帶來不便，所以獨居於此，雇請菲傭照顧，生活非常安適。我聽了，心裡也開始安適起來，覺得她是一個慈藹安詳而有智慧的長者。

見面之後，我更覺安適了。記得我第一次見到畢璞，是民國五十年的秋冬之際，在西門町附近康定路的一棟木造宿舍裡，居室比較狹窄；畢璞當時雖然親切招待，但總顯得態度拘謹。相隔五十三年，畢璞現在看起來，腰背有點彎駝，耳目有些不濟，但行動尚稱自如，面容聲音卻似乎數十年如一日，沒有什麼明顯的變化。如果要說有變化，那就是變得更樸實自然，沒有絲毫的窘迫拘謹之感。

由於德屏的善於營造氣氛、穿針引線，由於穎萍的沉默嫻靜，只做一個忠實的旁聽者，那天下午，我和畢璞有說有笑，談了不少往事，讓我恍如回到五十三年前的青春年代。那時候，我才十八歲，剛考上台大中文系，剛到陌生而充滿新鮮感的臺北，常投稿報刊雜誌，常拜訪前輩作家。有一天，我到西門町峨嵋街救國團去領新詩比賽得獎的獎金，順道去附近的《聯合報》和《公論報》社。我到《公論報》社問起副刊主編畢璞，說明我常有作品發表，就有人給了我她家的住址。距離報社不遠，在成都路、西門國小附近。那時候我年輕不懂事，大家也少用電話，所以就直接登門造訪了。見面時談話不多，記憶中，畢璞說過她先生也在《公論報》上班，她如何編副刊，還有她兒子正讀師大附中，希望將來也能考上台大等。辭別時，畢璞說了一句，聽說台大校園春天杜鵑花開得很盛很好看。我謹記這句話，所以第二年的春天，投稿信中附帶留言，歡迎她跟朋友來台大校園玩。就因為這樣，畢璞和鍾麗珠在民國五十一年的春季，相偕來參觀台大校園。

確切的日期記不得了。畢璞說連哪一年她都不能確定。我翻開我隨身帶來送她的光啟版散文集《微波集》，指著一篇〈鄉愁〉後面標明的出處，民國五十一年四月二十七日發表於《公論副刊》。經此指認，畢璞稱讚我的記性和細心，而且她竟然也記起了當天逛傅園後，我請她們到福利社吃牛奶雪糕的往事。

很多人都說我記憶力強，但其實也常有模糊或疏忽之處。例如那一天下午談話當中，我提起雨中路過杭州南路巧遇《自由青年》主編呂天行，以及多年後我在西門町日新歌廳前再遇見他，聽他告訴我「驚天大祕密」的時候，確實的街道名稱，我就說得不清不楚，更糟糕的是，畢璞再次提起她主編《婦友》月刊的期間，真不記得邀我寫過專欄。一時間，我真無辭以對。當事人都這麼說了，我該怎麼解釋才好呢？好在我們在談話間，曾提及王璞、呼嘯等人，似乎又給了我重拾記憶的契機。

我私下告訴德屏，《婦友》確實有我寫過的詩歌專欄，雖然事忙只寫了幾期，但這些文章後來都曾收入我的《先秦文學導讀・詩辭歌賦》和《從詩歌史的觀點選讀古詩》等書中，白紙黑字，騙不了人的。會不會畢璞記錯，或如她所言不在她主編的期間別人約的稿呢？

那天晚上回家後，我開始查檢我舊書堆中的期刊，找不到《婦友》，卻找到了王璞主編的《新文藝》和呼嘯主編的《青年日報》副刊剪報。他們都曾約我寫過詩詞欣賞專欄，印象中有一個與《婦友》大約同時。尋檢結果，查出連載的時間，《新文藝》是民國七十一年，《青年日報》則是民國七十七年。到了十月十二日，再比對資料，我已經可以推定《婦友》刊登我詩歌專欄的時間，應該是在民國七十七年七、八月間。

十月十三日星期一中午，我打電話到《文訊》找德屏，她出差不在。我轉請秀卿代查，傍晚她回覆，已在《婦友》民國七十七年七月至十一月號，找到我所寫的〈古歌謠選講〉，當時的總編輯就是畢璞。事情至此告一段落。記憶中，是一次作家酒會邂逅時畢璞約我寫的。寫了幾期，因為事忙，又遇畢璞調離編務，所以專欄就停掉了。這本來就是小事一樁，無關宏旨，豁達的畢璞不會在乎這個的，只不過可以證明我也「老來可喜」，記憶尚可而已。

三

「老來可喜」，是畢璞當天送給我看的兩本書，其中一本散文集的書名，語出宋代詞人朱敦儒的〈念奴嬌〉詞。另外一本是短篇小說集，書名《有情世界》。根據書後所附的作品目錄，原來畢璞的作品集，已出三、四十本。她挑選這兩本送我看，應該有其用意吧。看《老來可喜》這本散文集，可知她的生平大概；看《有情世界》這本短篇小說集，則可知她的小說特色所在。初讀的印象，她的作品，無論是散文或小說，從來都不以技巧取勝，就像她的筆名一樣，是未經琢磨的玉石，內蘊光輝，表面卻樸實無華，然而在樸實無華之中，卻又表現出一個共同的主題。一言以蔽之，那就是「有情世界」。其中有親情、愛情、人情味以及生活中的情趣。因此，讀來特別溫馨感人，難怪我那罕讀文藝創作的妻子，也自稱是她的忠實讀者。

讀畢璞《老來可喜》這本散文集，可以從中窺見她早年生涯的若干側影，以及她自民國三十八年渡海來台以後的生活經歷。其中寫親情與友情，敘事中寓真情，雋永有味，誠摯而動人。寫懷才不遇的父親，寫遭逢離亂的家人，寫志趣相投的文友，娓娓道來，真是扣人心弦。

其中〈西門懷舊〉一篇，寫她康定路舊居的一些生活點滴，更讓我玩味再三。即使寫她身邊瑣事的小小感觸，寫愛書成癡，愛樂成癡，寫愛花愛樹，看山看天，也都能使我們讀者體會到「生命中偶得的美」，享受到「小小改變，大大歡樂」。「生命中偶得的美」和「小小改變，大大歡樂」，正是她文集中的篇名。我們還可以發現，身經離亂的畢璞，涉及對日抗戰、國共內戰的部分，著墨不多，多的是「此身雖在堪驚」，「老來可喜，是歷遍人間，諳知物外」。這也正是畢璞同一時代大多婦女作家的共同特色。

讀《有情世界》這本小說集，則可發現：畢璞散文中寫得比較少的愛情題材，都寫進小說裡了。畢璞說過，小說是她的最愛，因為可以滿足她的想像力。讀完這十六篇短篇小說，我們確實可以發現，她的小說採用寫實的手法，勾勒一些時代背景之外，重在探討人性，敘寫一些有情有義的故事。特別是愛情與親情之間的矛盾、衝突與和諧。小說中的人物和故事，有真有假，「真」的往往是根據她親身的經歷，「假」的是虛構，是運用想像，無中生有塑造出來的。她把它們揉合在一起，而且讓自己脫離現實世界，置身其中，成為小說中人。

因此，我讀畢璞的短篇小說，覺得有的近乎散文。尤其她寫的書中人物，大都是我們城鎮小市民日常身邊所見的男女老少，故事題材也大都是我們城鎮小市民幾十年來所共同面對的移民、出國、旅遊、探親等話題。或許可以這樣說，較之同時渡海來台的作家，畢璞寫的小說，罕有激情奇遇，缺少波瀾壯闊的場景，也沒有異乎尋常的角色，既沒有朱西甯、司馬中原筆下的鄉野氣息，也沒有白先勇筆下的沒落貴族，一切平平淡淡的，可是就在平淡之中，卻能給人親近溫馨之感。表面上看，她似乎不講求寫作技巧，但仔細觀察，她其實是寓絢爛於平淡。像〈生命共同體〉一篇，寫范士丹夫婦這對青梅竹馬的患難夫妻，到了老年還為要不要移民美國而引起衝突，高潮迭起，正不知作者要如何收場，這時卻見作者藉描寫范士丹的一些心理活動，利用廚房下麵一個小情節，就使小說有個圓滿的結局，而留有餘味。〈春夢無痕〉一篇，寫梅湘退休後，到香港旅遊，在半島酒店前香港文化中心，竟然遇見四十多年前四川求學時代的舊情人冠倫。四十多年來，由於人事變遷，兩岸隔絕，二人各自男婚女嫁，都已另組家庭，正不知作者要如何安排後來的情節發展，這時卻見作者利用梅湘的一段心理描寫，也就使小說有個出人意外而又合乎自然的結尾，不會予人突兀之感。這些例子，說明了作者並非不講表現藝術，只是她運用寫作技巧時，合乎自然，不見鑿痕而已。所以她的平淡自然，不只是平淡自然，而是別有繫人心處。

四

畢璞同時的新文藝作家，有三種人給我的印象特別深刻。一是軍中作家，以寫新詩和小說為主，強調創新和現代感；二是婦女作家，以寫散文為主，多藉身邊瑣事寫人間溫情；三是鄉土作家，以寫小說和遊記為主，反映鄉土意識與家國情懷。這是二十世紀五、六十年代前後臺灣新文藝發展史上的一大特色。這三類作家的風格，或宏壯，或優美，雖然成就不同，但套用王國維的話說，都自成高格，自有名句，境界雖有大小，卻不以是分優劣。因此有人嘲笑婦女作家多只能寫身邊瑣事和生活點滴，那是學文學的人不該有的外行話。

畢璞當然是所謂婦女作家，她寫的散文、小說，攏總說來，也果然多寫身邊瑣事，或者說，多藉身邊瑣事寫溫暖人間和有情世界。但她的眼中充滿愛，她的心中沒有恨，所以她的筆端流露出來的，每一篇作品都像春暉薰風，令人陶然欲醉；情感是真摯的，思想是健康的，真的適合所有不同階層的讀者。

一般而言，人老了，容易趨於保守，失之孤僻，可是畢璞到了老年，卻更開朗隨和，更為豁達，就像玉石，愈磨愈亮，愈有光輝。她特別欣賞宋代詞人朱敦儒的「老來可喜」那首〈念奴嬌〉詞。她很少全引，現在補錄如下：

老來可喜，是歷遍人間，諳知物外。
看透虛空，將恨海愁山，一時挼碎。
免被花迷，不為酒困，到處惺惺地。
飽來覓睡，睡起逢場作戲。

休說古往今來，乃翁心裡，沒許多般事。
也不蘄仙不佞佛，不學栖栖孔子。
懶共賢爭，從教他笑，如此只如此。
雜劇打了，戲衫脫與獃底。

朱敦儒由北宋入南宋，身經變亂，歷盡滄桑，到了晚年，勘破世態人情，不但主張不學栖栖皇皇的孔子，說什麼經世濟物，而且也認為道家說的成仙不死，佛家說的輪迴無生，都是虛妄的空談，不可採信。所以他自稱「乃翁」，說你老子懶與人爭，管它什麼古今是非，說人生在世，就像扮演一齣戲一樣，各演各的角色，逢場作戲可矣，何必惺惺作態，說什麼愁呀恨呀。一旦自己的戲份演完了，戲衫也就可以脫給別的傻瓜繼續去演了。這首詞表現的人生觀，雖然豁達，卻有些消極。這與畢璞的樂觀進取，對「有情世界」處處充滿關懷，是不相契的。我想畢璞喜愛它，應該只愛前面的幾句，所以她總不會引用全文，有斷章取義的意思吧。

畢璞《老來可喜》的自序中，說西方人把老年分成三個階段：從六十五歲到七十五歲是「初老」，從七十六歲到八十五歲是「老」，八十六歲以上是「老老」；又說「初老」的十年是人生最美好的黃金時期，不必每天按時上班，兒女都已長大離家，內外都沒有負擔，沒有工作壓力，智慧已經成熟，人生已有閱歷，身體健康也還可以，不妨與老伴去遊山玩水，或抽空去學習一些新知，以趕上時代。想做什麼就做什麼，豈非神仙一般。畢璞說得真好，我與內子現在正處於「初老」的神仙階段，也同樣覺得人間有情，處處充滿溫暖，這幾天讀畢璞的書，益發覺得「老來可喜」，可喜者三：老來讀畢璞《老來可喜》，一也；不久之後，可與老伴共讀「畢璞全集」，二也；從今立志寫自己不像傳記的傳記，彷彿回到自己的青春時期，三也。

民國一〇三年十月十五日初稿

（吳宏一：學者，作家，曾任臺灣大學中文系教授、香港中文大學中文系、香港城市大學中文、翻譯及語言學系講座教授，著有詩、散文、學術論著數十種。）

【自序】長溝流月去無聲——七十年筆墨生涯回顧

畢璞

「文書來生」這句話語意含糊，我始終不太明瞭它的真義。不過這卻是七十多年前一個相命師送給我的一句話。那次是母親找了一位相命師到家裡為全家人算命。我從小就反對迷信，痛恨怪力亂神，怎會相信相士的胡言呢？當時也許我年輕不懂，但他說我「文書來生」卻是貼切極了。果然，不久之後，我就開始走上爬格子之路，與書本筆墨結了不解緣，迄今七十年，此志不渝，也還不想放棄。

從童年開始我就是個小書迷。我的愛書，首先要感謝父親，他經常買書給我，從童話、兒童讀物到舊詩詞、新文藝等，讓我很早就從文字中認識這個花花世界。父親除了買書給我，還教我讀詩詞、對對聯、猜字謎等，可說是我在文學方面的啟蒙人。小學五年級時年輕的國文老師選了很多五四時代作家的作品給我們閱讀，欣賞多了，我對文學的愛好之心頓生，我的作文成績日進，得以經常「貼堂」（按：「貼堂」為粵語，即是把學生優良的作文、圖畫、勞作等掛在教室的牆壁上供同學們觀摩，以示鼓勵）。六年級時的國文老師是一位老學究，選了很多古文做教材，使我有機會汲取到不少古人的智慧與辭藻；這兩年的薰陶，我在不知不覺中變成了文學的死忠信徒。

上了初中，可以自己去逛書店了，當然大多數時間是看白書，有時也利用僅有的一點點零用錢去買書，以滿足自己的書癮。我看新文藝的散文、小說、翻譯小說、章回小說……簡直是博覽群書，卻生吞活剝，一知半解。初一下學期，學校舉行全校各年級作文比賽，小書迷的我得到了初一組的冠軍，獎品是一本書。同學們也送給我一個新綽號「大文豪」。上面提到高小時作文「貼堂」以及初一作文比賽第一名的事，無非是證明「小時了了，大未必佳」，更彰顯自己的不才。

高三時我曾經醞釀要寫一篇長篇小說，是關於浪子回頭的故事，可惜只開了個頭，後來便因戰亂而中斷，這是我除了繳交作文作業外，首次自己創作。

第一次正式對外投稿是民國三十二年在桂林。我把我們一家從澳門輾轉逃到粵西都城的艱辛歷程寫成一文，投寄《旅行雜誌》前身的《旅行便覽》，獲得刊出，信心大增，從此奠定了我一輩子的筆耕生涯。

來台以後，一則是為了興趣，一則也是為稻粱謀，我開始了我的爬格子歲月。早期以寫小說為主。那時年輕，喜歡幻想，想像力也豐富，覺得把一些虛構的人物（其實其中也有自己和身邊的人的影子）編出一則則不同的故事是一件很有趣的事。在這股原動力的推動下，從民國四十年左右寫到八十六年，除了不曾寫過長篇外（唉！宿願未償），我出版了兩本中篇小說、十四本短篇小說、兩本兒童故事。另外，我也寫散文、雜文、傳記，還翻譯過幾本英文小說。到民國一〇一年，我總共出版過四十種單行本，其中散文只有十二本，這當然是因為散文字數少，不容易結集成書之故。至於為什麼從民國八十六年之後我就沒有再寫小說，那是自覺年齡大了，想像力漸漸缺乏，對世間一切也逐漸看淡，心如止水，失去了編故事的浪漫情懷，就洗手不幹了。至於散文，是以我筆寫我心，心有所感，形之於筆墨，抒情遣性，樂事一樁也，為什麼放棄？因而不揣譾陋，堅持至今。慚愧的是，自始至終未能寫出一篇令自己滿意的作品。

為了全集的出版，我曾經花了不少時間把這批從民國四十五年到一百年間所出版的單行本四十種約略瀏覽了一遍，超過半世紀的時光，社會的變化何其的大：先看書本的外貌，從粗陋的印刷、拙劣的封面設計、錯誤百出的排字；到近年精美的包裝、新穎的編排，簡直是天淵之別。由此也可以看得出臺灣出版業的長足進步。再看書的內容：來台早期的懷鄉、對陌生土地的神奇感、言語不通的尷尬等；中期的孩子成長問題、留學潮、出國探親；到近期的移民、空巢期、第三代出生、親友相繼凋零……在在可以看得到歷史的脈絡，也等於半部臺灣現代史了。

坐在書桌前，看看案頭成堆成疊或新或舊的自己的作品，為之百感交集，真的是「長溝流月去無聲」，怎麼倏忽之間，七十年的「文書來生」歲月就像一把把細沙從我的指間偷偷溜走了呢？

本全集能夠順利出版，我首先要感謝秀威資訊科技股份有限公司宋政坤先生的玉成。特別感謝前台大中文系教授吳宏一先生、《文訊》雜誌社長兼總編輯封德屏女士慨允作序。更期待著讀者們不吝批評指教。

民國一〇三年十二月

一

這是臺北市的後門——最汙穢的所在，全市的垃圾、髒水、水肥都在這裡傾卸，而承受這些汙穢的卻是那條日夜不息、滾滾而流的淡水河。由於這些汙物，原來並不怎麼澄清的河水變得更加混濁了，它發散著惡臭的氣味，嗚咽著流向大海。

在河堤的下面，有一塊荒地，本來是個垃圾堆。不知道從什麼時候開始，這塊荒地被一些窮苦的人發現，他們利用那道高高的堤岸，在堤腳下搭起了最簡陋的違章建築，冒著被水淹的危險，作為他們的棲身之所。

這些利用竹皮、木板、鐵片和磚頭搭成的小屋，起初只有三五間，後來，漸漸增加到幾十間，居住的人，大大小小也有一百多個。這裡面的份子有拉車的、拾荒的、收買廢物的、小販和苦力，也有無業遊民。這些人，大部分都拖家帶眷，而且，幾乎家家都有四五個孩子。

孩子們在垃圾堆中生長著，雖然整天與細菌接觸，但是他們卻長得很壯。儘管幾乎每個人都有砂眼、頭癬、齲齒和寄生蟲，傷風感冒和瀉肚也是常有的事，然而，在窮人的眼中，那些不是病，那無損於他們的健康。窮人的孩子就像是春風中的野草那麼頑強，愈被人踐踏，愈茁長得多、茁長得快。由於做母親的太忙，偶然也會有一個剛學步的嬰兒不幸掉到河裡去，大人們卻很少因此而哀悼，因為，少了一個，對他們就是減輕一分負擔。

颱風和漲水是這些苦難的人們的二大威脅。每一次颱風和漲水，他們簡陋的家就被摧毀，但是由於它的簡陋，馬上，他們又重建起來。低等的動物，生命力都比較堅強，苦難的人又何嘗不是？他們也正像春風中的野草一樣啊！

阿綢就是這些苦難的孩子中的一個，也許是最苦的一個。她的爸爸林木土是個板車夫，媽媽是個洗衣婦。她有兩個姊姊、兩個弟弟，作為第三個女兒的她本來就是最不受歡迎的一個，自從她的大弟弟出生後，她的父母就更討厭她。

她的家只有一丈見方大小，是用三面竹子編成的牆壁靠在堤防下築起來的。屋頂是一張破鐵皮，用幾塊破磚頭壓住。夏天時，太陽光從鐵皮上晒下來，屋裡的人就像關在烤箱裡；冬天，北風從竹壁縫中鑽進來，又會使人冷得發抖。

他們的屋子裡沒有任何家具，在泥地上舖著三張破舊的榻榻米，就是一家七口睡覺和起居的所在。他們沒有廚房。門外，一只爐子、一個水桶、兩個鍋子、一個破木箱，就是全部的廚具。一天三次，他們蹲在門前，用一把破扇子使命地搧著爐子，燒出最簡陋的飯菜，填飽一家人的肚子，延續他們苦難的生命。炊烟瀰漫在小木屋裡，也飄蕩在河畔的晨曦、日午和暮色中，為這死氣沉沉的貧民窟平添一點生機。

林木土得了半身不遂的病已快半年了。他不但不能再去拉車，而且也不能起床，成天躺在榻榻米的一個角落裡哼著，不哼的時候便發脾氣亂罵人。他的妻子一天到晚拉長著臉，才三十多歲的人，就已彎腰駝背的像個老太婆。她一大清早便到附近一條巷子裡替人洗衣服，總是洗到快要中午才回家；下午，又得到河邊洗他們自己一家的衣物。

他們的三餐大多是阿綢的大姊阿英做的。她們姊妹三人都有任務：大姊燒飯；二姊阿玉照顧爸爸和兩個小弟；阿綢到中央市場去撿地上的菜葉，到煤氣公司的圍牆外撿碎煤渣，到河邊那些木材行去檢木屑。假如她運氣好，撿得多，那麼，一家人一天的副食和燃料就解決了；運氣不好，他們就得把買米的錢挪出來買煤。這樣一來，他們不但沒有小菜可吃，並且還要吃稀飯，而阿綢少不了就要捱她爸爸一頓痛罵。

在她九歲的年紀裡，阿綢並不懂得自己的不幸，相反地，她還覺得很好玩。每天清早，她就跟看住在附近的幾個小孩子，一人挽著個破籃子到那擁擠、泥濘而腥臭的中央市場去。這些衣衫襤褸的髒孩子，在大人的腿邊鑽來鑽去，專門撿拾地上的東西，經常，白菜葉、高麗菜葉以及一些爛番茄、爛香蕉等多少總有點收穫的；一毛、二毛的硬幣也時時會躺在泥水中等待他們去發掘。有時，運氣好起來，稀爛的一元鈔票也會撿到，這，對他們而言，真是無異發了一筆小財。這時，撿到的人就會把這筆意外之財拿去買染色的廉價糖果、橄欖之類，大大方方地請他的小朋友一次。

從中央市場出來，孩子們又到煤氣公司去。煤氣公司裡面的煤塊堆得像個小山，在靠近圍牆的地方，時時會有小塊的滾落到牆外的行人道上，於是，這就成為窮人們撿拾的目標。阿綢他們，破籃子中裝著爛菜葉，又來這裡撿煤屑。煤屑混在菜葉上，又濕又黑的，簡直變成了一籃垃圾；然而，在他們的眼中，卻是一日之糧。

阿綢的生活就是這樣：貧窮、骯髒、無知、渾渾噩噩，吃、睡、玩是她的三部曲；雖然身為萬物之靈，卻與禽畜沒有分別。直至有一天，她幼稚的心靈才忽然甦醒。

二

「你們在看什麼？不准再看！大家好好的跟我念：ㄅㄆㄇㄈㄉㄊㄋㄌ。」年輕的女老師用教鞭輕輕敲打著桌子，孩子們不聽話，急得她滿頭大汗。

「林老師，就是她！就是她！」孩子們齊聲在喊。

「你們在說什麼？她是誰？」

「她在窗口外面，那個野孩子！」孩子們又是一陣亂喊。

「我聽不見你們在說什麼，你們太吵了。許明珠，你告訴我，到底是什麼一回事？」老師放下了手中的課本。

擔任　年級級長的許明珠站了起來：「外面有一個野孩子她每天都在窗外偷看我們上課。」

順著許明珠的手指，林老師看見窗外有一張骯髒的小臉，兩隻大眼睛楞楞地注視著室內，似乎並不知道大家正在談論她。

林老師走下講臺，走到教室外面，她看到一個瘦小的、穿著一身破爛的赤足小女孩單獨站在窗口旁邊。

「你站在這裡做什麼？」林老師走到她身邊，彎下腰去，溫柔地問。

小女孩瞪著一雙茫然的大眼，顯然是聽不懂她的話，於是，林老師改用閩南話問她。

「我愛讀書嘛！」想不到，小女孩聽了閩南話就立刻大大方方、毫不羞澀的回答。

「那你為什麼不來上學呢？」林老師好奇地問。

「我阿爸不給我來，他說讀書要花錢，他沒有錢。」小女孩的眼睛瞪得圓圓的，雖然滿臉骯髒，樣子倒有幾分可愛。

「可是，讀國民學校是不要花錢的呀！」林老師微笑著說。

「我阿爸就是不給我來，他說女孩子要在家裡幫忙做工。」

「那麼你現在是怎麼來的呢？」

「我偷偷跑來的。」這時，全班的學生都過來看熱鬧了，老師一面吩咐他們回到自己的座位去，一面對小女孩說：「你也進來上課吧！」

「你說我可以跟他們坐在一起？」小女孩雙眼發出喜悅的光輝，不相信地問。

「是的，你既然想讀書，我也願意教你。你就坐在那個空位上吧！」林老師指著最後一個空位說。

小女孩怯生生地坐在位子上，全班的學生又都紛紛轉過頭來看她，使得林老師不得不再輕輕地用教鞭敲著桌子。

老師拿起課本，繼續教下去。她注意到那個小女孩，一直把眼睛瞪得大大的，聚精會神在聽講；當她叫小朋跟著自己念的時候，小女孩也隨聲附和著，而且聲音特別響亮。她想到自己能夠有機會使一個窮苦失學的小孩也能享受到上學的滋味，心中不由得泛起了一絲喜悅。

下課以後，林老師跟著小女孩走出去。

「你明天還來上課嗎？」她溫和地問。

「假如我來，我還可以坐在位子上嗎？」小女孩卻反問她。

「當然可以！」林老師微笑著又問：「你叫什麼名字？」

「林阿綢。」

「啊！林阿綢，你這樣喜歡上學，我去跟你的阿爸阿母講，叫他們讓你正式來入學好嗎？」看著小女孩那雙圓圓的無邪的眼睛，林老師就覺得自己有點喜歡她。

「不，老師！」林阿綢畏縮地說。「我也可以叫你老師嗎？」

「當然可以呀！」

「老師，你不要到我家裡去，我的阿爸和阿母會打我罵我的。」孩子一本正經地說。

「那你就每天偷偷的來？」

「嗯！」阿絅點點頭，然後，她學著其他小朋友的樣子，用生硬的國語說了一句：「老師，再見！」說著，就奔跑著離開了學校。

望著林阿絅矮小的背影，林老師的眼睛不由得濕潤起來。這是個多麼聰明伶俐的小精靈呀！然而，她卻穿得一身破爛，被擯於校門之外。

阿絅奔跑著回到河邊去，她的心充滿了喜悅。啊！那位老師居然准我進去聽講，她真是個好人！我又是多麼喜歡看她美麗的臉，聽她悅耳的聲音！

回到她那個汙穢狹小的家，一家人午睡都還沒有起來，榻榻米上橫七豎八的躺著大小七個，已沒有她立足的餘地，晚上她是怎樣睡的，她不知道。看著她的阿爸張大著嘴巴的睡相，阿母在熟睡中仍然皺著眉，兩個姊姊兩個弟弟的臉上都縱橫佈著汙跡，她不覺有點害怕：我們一家人為什麼這樣難看？那位老師以及學校裡的小朋友為什麼又都那麼整潔？她拿起掛在牆角的那面破鏡子一看自己的樣子，就更是嚇得愣住。

鏡裡那張小臉看起來多麼可怕！枯黃的頭髮難得梳洗一次，都已結成一綹一綹的，沾滿了灰塵和汙垢；瘦瘦的三角臉上一塊黑一塊黃的，活像個舞臺上的大花臉；一口黃牙，中間缺了一個，那是前幾天剛剛掉的。

她望著那張骯髒的臉發了一回呆，然後把鏡子掛好，很有決斷的走出屋外，在水缸裡舀了一臉盆的水，拿出一條發黑的毛巾，就沒頭沒腦的把自己大洗一番，直至一盆清水變成了混濁的泥湯為止。

洗完了臉，她又跑到鏡子面前照了一照。唔！臉孔乾淨得多了，只是，頭髮怎麼辦呢？她拿起她阿母那一小截斷了齒的木梳在自己頭上亂梳看，也不管梳通了沒有，把流子隨便一扔，便又從屋子裡鑽了出來。

她蹦跳著走到河邊的水門上，坐在那個大大的黑色鐵環上，望著腳下滔滔的河水，快樂地哼著唱著。她還不會唱歌，現在哼著的，只是她在這半個月以來在教室外偷聽學來的一兩句，她不懂歌詞的意義，調子也記不完整，但是，她直覺這首歌很好聽。

唱著，哼著，她忽然想起了她的靈魂是如何甦醒的。

那天，她跟著鄰居的小孩子去中央市場撿菜回來，經過那間「很大很漂亮的紅磚房子」時，看見許多小孩子背著書包走進去，他們一面走一面吱吱喳喳地說著笑著，就像一群小麻雀似的，好不快活。

「他們是做什麼的？」阿綢好奇地問她的同伴人龍。

「飯桶！這都不懂？他們去上學嘛！」大龍不屑地回答。

「上學去做什麼？」阿綢依然不解。

「上學就是在學讀書寫字。算了，跟你講你也不懂。走吧！看什麼？快點去撿煤屑呀！等一下被人撿光，回家就要捱罵了。」

大龍推著她，她還是戀戀不捨地不斷的回頭去看。他們是小孩子，我也是小孩子，為什麼他們穿得這樣漂亮，我卻穿得這樣破爛，為什麼他們背的是書包而我挽的卻是個破籃子。連她自己也不明白支這個「叛逆」的想頭為什麼會突然從她簡單的、無知的腦海中萌生出來。

她勉勉強強地跟著大夥兒去撿完煤屑和木屑，送回家裡，趁著她的姊姊們沒有注意，一溜烟的又跑到那間學校裡（「學校」這個名詞還是大龍後來告訴她的）。這時，整個學校靜悄悄的，那群小麻雀都已乖乖地坐在教室裡，聽老師講話。阿絪站在空蕩蕩的操場裡，感到很害怕，不知怎麼辦才好；後來，她看見遠遠有一個人向她走來，就趕緊躲到一棵大樹後。

在大樹後，她看得見那間最靠近大門的教室裡的一切。那裡面的小孩子年紀都很小，只有六七歲的樣子；吸引她的是他們桌上攤開的花花綠綠的書；同時，老師講一句「外省話」，又講一句本省話，所以她聽得懂。她好奇地愉偷去到那間教室的窗外，把身體貼在牆壁上，細心地聽臺上那個長得很好看的年輕女老師所講的每一句話。漸漸，她明白了，這一班是剛入學的孩子，他們跟她一樣，從來不曾讀過書，而其中的本省孩子，也跟她一樣不會講國語。老師說，她要慢慢教他們認字、說國語，將來，他們就什麼書都會看了，書裡面都有很好看的故事哩！

阿絪很喜歡那個老師，她也希望有一天能看懂書裡面的故事；於是，以後她就每天偷偷的來了。本來，她曾經大膽地向她的阿爸和阿母提出過要去上學的要求的，結果捱了一頓打，只好死了這條心。

她每天都是趁她的家人午睡時偷偷的來。站在學校那條陰涼的長廊裡，使她忘記了家裡的悶熱；聽著那位老師悅耳的聲音，使她忘記了阿爸的呻吟和阿母的嘮叨，她，簡直視這裡為天堂了。半個月以來，她用心地在窗外聽講，跟著那些比她小三歲的孩子一起學會了幾個注音字母、幾句簡單的國語和幾句歌。有時，小朋友拿著臘筆在紙上塗塗畫畫，拿著彩色紙剪剪貼貼，於是，她就只有站在外面乾羨慕的份兒。有時，小朋友也會全體到操場上做體操和跳舞。於是，她就站得遠遠的，在樹後模仿著他們的姿勢，自得其樂。

啊！從明天起，我就可以跟那些孩子們坐在一起，不必像做小偷一樣的躲在外面了，世界上還有比這更快樂的事情嗎？

想著，想著，她忽然發覺四週都已黑暗起來。她背後的臺北市開始閃爍著繁星似的燈火，而近處的她家以及她的鄰居們，卻只有暗淡的燭光在夜風中顫抖著。

她慌張地往家裡跑。她知道，晚飯的時間早就到了，而她的阿母是不喜歡有人不守時回家的，因為只有那麼一點點的菜，實在沒有辦法分開吃。跑到家門口；她的阿母正蹲在地上洗碗。她在心裡倒抽口涼氣，知道這一頓飯準是沒有著落。硬著頭皮大著膽問一聲：「阿母，你們吃飽了？」

做媽媽的半天沒有答腔，她不敢走開，只得楞楞地站著等待。媽媽把碗洗好，站起身來，一語不發，忽地伸手在阿綢的面頰上狠狠地抽了一巴掌。「死人！你還想吃飯？膽子可真夠大啊！」

阿綢用手撫著臉上被打的地方，熱辣辣地還沾著洗碗的髒水。她哇的一聲哭了起來：「我肚子餓，我要吃飯嘛！」

「死人！你無緣無故的把我一盆水弄髒了，又跑出去野半天才回來，還想吃飯，沒有這樣便宜！再哭我打死你！」媽媽罵著又是一巴掌。

沒有希望了！吃飯的希望完全落空了！阿綢哭著跑進屋子裡，蜷伏在榻榻米上距離爸爸最遠的角落，低低地飲泣著，然後終於在極度疲乏與飢餓中入睡。睡夢中，她穿著花衣服，牽著林老師的手在校園中且歌且舞，許多許多小朋友圍著她們，拍手叫好。

三

是深冬的天氣了，清晨，顯得份外冷。林老師穿著大衣，圍著圍巾，雙手插在大衣口袋裡，走向學校。她出來得特別早，街上還沒有幾個行人。當她快要走到學校時，看見幾個衣衫襤褸的小孩子正向她迎面走來，她眼快，看出其中一個是阿綢，她連忙喊住了她。

「阿綢，你為什麼好久沒有來上課了？」林老師關懷地問。

「我阿爸和阿母不准。」阿綢低著頭回答。

「他們知道了？」

「嗯！還打了我一頓？」

「啊！真可憐！」林老師細看阿綢，在這麼冷的大氣裡，只穿著一件薄薄的布衫，裡面露出一截破爛棉毛衫的袖子。她的臉雖然凍得又青又紫，但已不像往前那麼骯髒，頭髮顯然也是梳理過的。一雙瘦瘦的小腳，套在破木屐裡，就像兩條僵硬的死魚。手裡提著一個破籃子，裡面放著些爛菜葉。林老師心裡一陣惻然，又問：「阿綢，你家住在那裡？」

阿綢用手指向河邊。「就在那邊嘛！」

「你告訴我那是什麼街，你往幾號門牌。」林老師說。

阿綢說不出來，圍在一旁的她那幾個同伴也說不出來。林老師看看錶，知道時間還夠，就說：「那你們帶我去。」

「老師，你要到我家裡去？我家裡很髒啊！」阿綢又高興又擔心的說。

「我現在不去，改天會去的。現在，我只要知道你住在那裡。」林老師說。

於是，幾個孩子簇擁著林老師走向河邊，指著不遠處那幾十間簡陋的破屋子，告訴了她那間是阿綢的家。那一個星期天，林老師在家裡找了好幾件她妹妹小時候的舊衣服，又買了一盒餅乾，特地去訪問阿綢的父母。她選擇的是午飯後的時間，因為她知道，人們填飽了肚子，比較不容易發脾氣。

她走進那個貧民區，人們都好奇地望著她。當她走到阿綢的家的時候，一個乾乾瘦瘦的中年婦人正坐在門前替一個滿臉鼻涕的小男孩剪頭髮。

「請問：這位是林太太嗎？」林老師禮貌地問。

「你找什麼人？」從來沒有人稱她為太太的，阿綢的母親不覺愕然。

「我找阿綢。」林老師只好改口說。

「哦！你找我女兒有什麼事？」阿絹的母親斜眼望著面前這個服裝整潔的少女，不懷好意地問。

正說著，阿絹卻從外面回來了。「林老師！林老師！」她歡欣地邊叫著邊奔向她。林老師微笑著拉住她的手，也不管她的手髒不髒。

「哦！原來你就是學校的老師！我們阿絹沒有空，她要做工，她不能去讀書。」阿絹母親警戒地說，並且重重地把阿絹拉開。

「歐巴桑，我不是這個意思。我這裡有幾件不合穿的衣服，想拿給阿絹。」林老師解開了手中的花布包袱。「還有這盒餅乾，是給弟弟妹妹們吃的。」

「啊！老師，你太客氣啦！進來坐吧！」阿絹的母親立刻改變了態度，伸接手過了衣服和餅乾，她的兒子又立刻從她手中把餅乾搶過去。

「不，不用坐了，我等一下就要走。」林老師走到小男孩面前，摸了摸他的小臉。「歐巴桑，你有幾個孩子？」

「五個，太多了，養不活啦！」阿絹的母親嘆著氣，一面繼續她的剪髮工作。

「你的孩子都很聰明很可愛呀！」

「聰明又怎麼樣？還不是要吃飯？」

「聰明的孩子將來可以多賺一些錢呀！」

「算了，說得這麼遠！我們是艱苦人，都不知道能不能把他們養大。」阿綢的母親說著眼圈就一紅。

「歐巴桑，你不要這樣講呀！將來孩子們的福份還沒有人知道哪！」

「老師，你真會說話，不要騙我開心吧！」

「不是騙你，歐巴桑。真的，只要肯栽培，聰明的孩子自然會有出息的。」

「怎樣栽培嘛？我們又沒有錢供孩子讀書。」

「小孩子進國民學校念書又不要錢。」

「不要錢？買書、做制服，還不是得拿錢出來？」阿綢的母親抬頭瞪著林老師，眼裡充滿了敵意；但是，當她瞥見小兒子手上捧著的餅乾盒時，目光又變得柔和起來。

「歐巴桑，假如不要花錢買書和做制服呢？」林老師連忙把握著機會。

「可是，我的孩子沒有空去讀書，她們要幫我做家裡的事。」阿綢的母親低頭專心剪髮，不再理會林老師。

「歐巴桑，你不是有三個女兒嗎？兩個女兒幫你夠了吧？阿綢這孩子很聰明，讀了書將來可以幫你賺大錢的，不讀書多可惜呀！」林老師還是不放棄她的努力。

「老師，你討好了我半天，原來還是為了這件事！」阿綢的母親冷笑著。

「歐巴桑，我又不是吃飽飯沒事情做，我只是喜歡阿綢，想幫她一點忙。我不要她到學校去，只想她每個晚上到我家，我教她讀點書。這樣，總不會妨礙到她幫你做事吧？而且，我有個妹妹，只比她大一些，也許常常可以找點衣服給她穿。」這時，林老師才談到正題。

阿綢的母親臉上的表情一直在變，從緊張、放鬆而微露喜悅，尤其是聽到最後一句話時，竟不自覺地點了點頭。

「可以嗎？歐巴桑？」林老師趕緊問。

「這樣吧，等我去跟我的頭家商量過再說。」阿綢的母親放下手中的剪刀，把那盒餅乾和那堆衣服都一起抱在懷裡，就走了進去。

這時，一直站在旁邊注視著兩個大人，沒有開過口的阿綢，走過來仰起頭問林老師：「你真的要我到你家裡去讀書？」

「真的，只要你爸爸媽媽答應。」林老師撫著阿綢的頭。

「啊！老師，你真好！我太高興了！」阿綢跳了起來。她母親從裡面又走出來，臉上恢復了原來冷漠的表情，淡淡地說：「她阿爸答應了。」

「那太好了，謝謝你啊！歐巴桑。」林老師高興地微笑著，「阿綢，我現在就帶你到我家裡去，我家離這裡並不遠，以後你就可以自己去了。」

「就這樣去嗎？」阿綢低頭看見自己襤褸的衣衫和骯髒的一雙腳，為難地問。

「沒有關係，就這樣去吧！」林老師說。她拉著阿綢的手，正要離去時，阿綢母親忽然又問：「老師，你們教書每個月可以賺多少錢呢？」

林老師的臉一紅。「啊！我們教書的薪水也是很低的；不過，為了理想和興趣，我並不計較報酬的多少。」她知道這個不識字的女人不會完全聽得懂她的話；但是，她必須說出來。說完了她就拉著阿綢，急步離去。

「哼！那麼讀書又有什麼用呢？」阿綢的母親不屑地撇著嘴說。望著一大一小的背影遠去了，她就立刻走進屋裡，緊張地檢視那幾件舊衣服。她把四件比較大一點也好一點的分給了兩個大女兒，只留下一件最舊的給阿綢。那盒餅乾也一下子就瓜分了，剩下給阿綢的只是一些碎片和碎屑。她想，那老師是有錢人，阿綢上她家去，說不定還有別的好東西吃哩！

四

林老師家裡的確有點錢，她父親是個有名的內科醫生，診所和住家都在一起，房子相當大。阿綢跟著林老師走進去，她看到坐在候診室裡的病人以及掛號處裡面穿白衣的護士小姐，不禁驚奇地瞪大了雙眼。

她扯了扯林老師的大衣袖子，悄悄地問：「這是什麼地方？」

「這是我父親的診所，我的家在樓上。」林老師回頭對她笑了笑。

上了二樓，又是另外一番境界。明亮的廳堂、發光的家具和發光的樓板，這都是阿綢從來不曾看見過的。林老師領她穿過客廳，通過甬道，走進一個房間裡，床上鋪著淡黃色的床單，桌上擺著鮮花，架上插滿了書籍。啊！在阿綢的心目中，這裡簡直就是皇宮。

「這是我的房間。阿綢，你坐下來吧！」林老師微笑著說。

「老師，我的身上髒。」在這個稚潔的環境中，阿綢已懂得自慚形穢。

「不要緊的。」林老師說。「這樣吧！我帶你去洗洗臉和洗洗手也好。」

林老師帶阿綢去洗了臉和手，回到房間裡，就開始教她認注音字母。阿綢很聰明，也很專心，學習得很快，這使得林老師非常高興。

當她們上了差不多一個鐘頭的課時，一個胖胖的中年婦人走了進來，對林老師說：「淑惠，你們可以休息了吧？永華不是說好四點鐘要來的嗎？」

林淑惠的臉立刻飛上兩朵紅雲。「他來又怎樣？讓他等好了。阿母，你看我收的這個學生怎麼樣？」

林太太端詳著阿綢。「樣子倒還清秀，就是太瘦了。衣服穿得這樣單薄，怪可憐的。」

「阿母，她也姓林哩！」

「真的嗎？她是不是臺北人？」林太太高興地說著立刻絮絮的問了阿綢許多家裡的問題，伶俐的阿綢都一一作答。

「這孩子的確聰明，你夠眼光。我看，你們兩個大概都餓了，今天我煮了紅豆湯，你們來吃吧！」林太太又說。

「好啊！阿綢，我們有東西吃哩！來吧！」林淑惠笑著站了起來，拉著阿綢走出房間，走到飯廳裡。這時，林太太已盛了兩碗紅豆湯放在桌上，並且端來了一盤落花生。

「阿母，你也來吃吧！弟弟妹妹他們呢？」林淑惠問。

「我剛才已經吃過了。他們全都出去玩了，今天星期日嘛！有誰肯呆在家裡？」林太太說完了就是走開了去做她的家事。她是個舊式的女性，也有著舊式婦女的美德；雖然丈夫很有錢，但是她仍然親自操作。

當阿綢正帶著點靦覥而又相當貪婪地享用那碗又濃又香又甜的紅豆湯時，樓梯一陣咚咚的響，接著就衝進來一個高大的青年。

那個人一進來就大叫：「好呀！你們兩個在享受，為什麼不請我吃？淑惠，這就是你發現的小孤女是不是？」說著，他就坐在阿綢對面，裂開大嘴向她笑，嚇得阿綢連忙低著頭。

「永華，你別這樣瘋瘋癲癲的好不好？把人家小姑娘都嚇壞了。說話也不用點腦筋，人家父母雙全，為什麼無緣無故說她是小孤女呢？走！走開！你坐在這裡她都不敢吃了。到廚房去吧！媽在那裡，她會盛給你吃的。」林淑惠用手推著他。

「真是喜新厭舊，但見新人笑，那聞舊人哭？好，我走開。可是，你得準備，別忘了五點鐘那場電影啊！」那個名叫永華的青年做了個鬼臉，站起來走開了。

林淑惠被他逗得啼笑皆非，只得喃喃自語：「別理他，是個大瘋子！」

阿綢低著頭抿嘴暗笑，她覺得那個青年人真有趣。

等她吃完了紅豆湯，林淑惠對她說：「你現在可以回家去了，明天晚上再來吧！」

阿綢站起身來，模仿著學校裡的小朋友的樣子，向林淑惠一鞠躬用相當準確的國語說：

「老師，再見！」

林淑惠笑得合不攏嘴，她似乎已經隱約看到了自己辛勞的收穫。

五

到林淑惠家裡上了一個多月的課以後，阿綢彷彿變了一個人。在外表上，她變得整潔了，儘管還是一身破舊，但是，她的頭髮梳得平平整整，手臉洗得乾乾淨淨；當她的兩隻大眼睛望著人滴溜溜地轉時，人們已可以從她的臉上察覺到她是個聰明伶俐而可愛的小孩子。

現在，她已完全認得了三十七個注音符號，認得幾十個漢字，會說幾句簡單的國語，會算簡單的加法；在進度上，顯然比一般一年級的小朋友快得多。林淑惠很以自己的「慧眼識人」而暗暗得意；她想，若是照這個速度教下去，不到一個學期，阿綢就可以讀完一年級的課程了。

然而，也許窮人是註定要受苦的吧？不幸又再度降臨到阿綢家裡了。一個晚上，阿綢在約定的時間裡來到林淑惠家中，雙眼紅紅的，似乎是哭過的樣子。

林淑惠正要問她的時候，阿綢已經先開了口：「老師，我明天起就不能來上課了。」她抽噎著說。

「為什麼呢？」林淑惠駭然的問。

「我阿母病了，我必須在家裡做工。」

「你不是還有兩個姐姐嗎？而且，晚上家裡還會有什麼事呢？」林淑惠很不希望阿綢半途而廢。

「我兩個姐姐都給人家做下女去了，因為阿母病了不能替人洗衣服，所以她們要去賺錢，而我就要在家燒飯、洗衣服和照顧兩個弟弟，阿爸叫我不要再讀書了。」阿綢說到這裡又哭了起來。

「啊！可憐的孩子！你阿母生的是什麼病呢？」林淑惠不禁惻然。

「我不知道，她躺在床上不能起來。」

「阿綢，這樣吧！既然你阿母生病，你阿爸叫你不要來，那你就暫時休息一下，等你阿母病好再來吧！不要難過，我相信她很快就會好起來的。」林淑惠說著，把原來放在書桌的幾本一年級課本以及兩本有注音的兒童故事書交給阿綢。「這幾本書你帶回去，有空的時候自己讀讀看，不懂的，有機會再來找我吧！」

阿綢含著淚，接過了書，依依不捨的離開了她所敬愛的林老師，離開了林內科樓上寬廣而舒適的林公館。

第二天，林淑惠買了一罐奶粉和一籃橘子去看阿綢的母親。她到達的時候，阿綢正蹲在門前生爐子，濃濁的黃煙瀰漫在破屋的四周，阿綢滿臉烏黑，又回復了以前那個髒孩子的樣子。她的兩個弟弟，拖著長長的鼻涕在地上玩泥沙，一看見林淑惠，就圍攏過來，四隻眼睛緊緊地盯著她手中那籃橘子。

「阿綢，你阿母好一些沒有？」林淑惠說，濃煙嗆得她直流眼淚。

阿綢是背著她蹲著的，起初沒有注意到她的來臨，聽見聲音，才驚喜的跳了起來。她丟掉手中的破扇子，用很激動的聲音說：「老師你來了。我還以為以後不會再見到你了哩！」

「傻孩子，別說這種話！我們住得這樣近，常常都會見面的。你帶我進去看看你阿母好嗎？」林淑惠也很難過，但是，表面她還微笑著。

阿綢帶林淑惠走進破屋裡，她的兩個弟弟也跟著擠進去。屋子裡光線很暗，又有一股難聞的氣味，林淑惠忍耐著，費了一番眼力，才看清榻榻米上躺著兩個人。

「歐巴桑，我聽阿綢說你生病了，現在好一些了嗎？」她問。

「唉！好不了的哪！沒有錢看醫生，沒有錢買藥，怎麼會好呢？」阿綢母親在黑暗中連聲嘆氣。

「知道是什麼病嗎？」林淑惠問。

「不知道，只是全身難受，爬不起來。歹命啊！」病人又是像哭似的在訴說著。

林淑惠呆呆地站著，不知道該說什麼話好。同時，在黑暗中又有另外一對眼睛在盯著她，盯得她渾身不安；於是，她急忙把手中的東西放在地上，說：「歐巴桑，我走了，你好好休息吧！」說完了，就像逃避什麼似的，急步走出屋外。

阿綢也跟著她走出來，仰起頭問：「老師，你要走了？」

「嗯！我還有事，以後再來看你吧！」看著阿綢那副可憐的樣子，林淑惠又是一陣心酸。她伸手摸摸阿綢的頭，很勉強地裝出了一個微笑，然後急急地就走了。

她離開了那個貧民窟，走向學校。阿綢一家的悲慘生活，使她難過了許久，她想：上天為何如此不公，有些人天天錦衣肉食，有些人卻在飢餓線上掙扎，貧病交迫。

以後的日子，對阿綢是成串的苦難。清早到中央市場撿菜葉，三頓蹲在爐子旁邊被煙嗆得眼淚直流，這都算不了什麼；苦的是她那臥病的雙親脾氣愈來愈暴躁，無論她怎樣做，都是動輒得咎，整天挨罵。

林淑惠送給她的書被她藏在屋角裡，根本就沒有機會拿出來讀。她那兩個姊姊——一個十五歲，一個十三歲——出去當下女所賺回來的工資，顧得了買米，就顧不了買藥；雖然是兩個人賺錢，生活卻比以前更苦。那兩個弟弟，由於沒有人照顧，變得更髒更野了，除了吃飯和睡覺的時間，根本難得看見他們在家。現在的阿綢，除了要撿菜葉，燒飯之外，洗衣服和服侍病人的差事也都落在她身上。她變得愈來愈瘦，臉色青黃；幾個月前曾經一度甦醒的靈魂如今又復死去，她沒有思想，只是一具活的操作機器而已。

六

苦難的日子持續了將近兩年，阿綢的母親終於在一個寒冷的冬夜裡被病魔壓搾完她最後一口氣，走完了她坎坷的生命路途。也許殘廢的林木土的感情已經痲木了，也許阿綢和她的兩個幼弟還不懂得生離死別的悲傷，這個平日易怒的、冷漠的洗衣婦人之死，在小小的破屋中竟然引不起哭聲。第二天，阿綢去找她那兩個給人幫傭的姊姊回來，兩個女孩子也不懂得如何料理後事；後來，還是好心的鄰居們七借八湊的弄來一口薄棺，才把死者送走。

母親死後，阿綢的工作稍稍減輕了一點，於是，她從屋角裡找出那幾本積滿灰塵，已經發霉的書出來，打開一看，幾乎都已不認識了。現在，她雖然勉強可以抽出時間去找林淑惠；但是，一則是怕父親罵，二則是自卑感在作祟，她已後有勇氣再跨進林內科的大門。

在她的玩伴中，只有大龍是上過兩年學的。有空的時候，阿綢就抱著去找他，兩個人跑到水門上坐著，互相研究起來。這時，他們都感覺到，看書、說故事，實在比爬樹、捉迷藏、挖螃蟹這些玩藝兒有意思得多。

直到現在為止，阿綢仍然念念不忘她入學讀書的美夢；雖則，這個美夢是越來越飄忽越渺茫。

她問大龍：「你是男孩子，又不要燒飯洗衣服，為什麼不繼續上學呢？」

大龍呸的一聲吐了一口水在地上，輕蔑地說：「上學有什麼意思？除非你喜歡捱打。」

「為什麼？誰打你呢？」阿綢奇怪地問。

「那些鬼老師嘛！功課交不出要打，在上課時講話要打，遲到要打，忘記了帶手帕也要打，我就是被打得太多了才不去的。我爸爸也說，不去就算了，在家也好幫我去撿撿廢鐵廢紙。」大龍豎起雙膝，用兩手環抱著，下額擱在膝蓋上，一副得意洋洋的樣子。「你看，我現在多逍遙！我為什麼要去找罪受？」

「可是，我從來沒有看過林老師打人。」阿綢疑惑地間。

「那，也許你那個林老師比較不同吧！總之，我沒有看見一個老師不打人的。」大龍不屑地聳了聳肩。

「大龍，你不讀書，將來要做什麼呢？」阿綢又問。

「我什麼都不做，只要賺大錢。」

「不讀書也可以賺大錢嗎？」阿綢依然不解。大龍年紀比她大，見識比她廣，她一向都很佩服他的。「林老師說過，多讀書才會賺大錢。」

「哼！開口閉口都是林老師，她是女人，懂得什麼？我爸爸就說過，女人什麼都不懂，只懂得燒飯和生孩子。」大龍又是輕蔑地說。

阿綢默默不響了。女人只懂得燒飯生孩子，這句話似乎沒有錯；除了林老師，他的媽媽，大龍的媽媽，以及鄰居所有的歐巴桑們不都是這樣嗎？我將來是不是也跟她們一樣呢？不，我不要像她們那樣！

她突然站了起來，用堅定的聲音說：「我將來不要燒飯和生孩子，我要做老師！」說完，她就把書本收拾好，走下水門。

背後傳來大龍的冷笑聲：「不要叫人笑掉了門牙吧！沒有念過書的人居然想當老師！」那年的夏天，過得特別平靜，臺北市只有過兩次輕度颱風的警報，而且都是有驚無險；父老們謠傳著，夏天沒有颱風，秋天就會來大颱風，八月底，氣象所果然發出了強烈颱風的預報，阿綢一家事先完全不曉得，是鄰居告訴她才知道的。知道又怎樣呢？反正他們只有一間破屋，也沒有什麼好準備的。

風風雨雨的天氣已持續一天了，大家都在傳說著這次颱風會很厲害，他們的鄰居有搬到國民學校去暫避的，有躲到親戚家去的，堤下的人家，一時變得十室九空。阿綢對颱風並不怎麼害怕，何況她的爸爸又不能行動，所以她並不打算逃。在她的記憶中，往年的颱風，頂多是把屋子損壞一些，也沒有太大的災禍，這次大概也不會例外吧？

早早的，她和兩個弟弟就吃完飯上了床。門外的廚房用具她都搬到屋子裡，屋頂上多壓了幾塊大石頭，薄薄的木門關得緊緊的，這樣，她就以為很安全。當然哪！一個十二歲的女孩子，又能做些什麼呢？

入夜，漸漸的變得風狂雨暴。風聲在小屋四周咆哮，傾盆的陣雨像煞翻江倒海，堤下的淡水河在黑暗中一寸一寸的往上漲，而堤邊破屋中的三個孩子卻睡得很香甜。殘廢的父親雖然睡不著，也體會到處境的危險；但是，他無能為力，也就只好聽天由命。長年的癱臥床上，他的心理是跟常人有點不同的，他說不定會這麼想：反正我們過的是半死不活的日子，孩子們的媽也已去了，不如大家同歸於盡吧！

林木土想是這樣想，可是，對死亡的畏懼是人人都有的，每一陣震撼小屋的風雨都使得他戰慄不已。好幾次，他想叫醒三個孩子出去逃生，不知怎的，一種下意識的自私慾念又想他們留在身邊陪伴他。到了無告的時候，他就在心中默默禱告上蒼，假使天公能夠保佑他們一家安然渡過這次風災，他一定要好好對待阿網，不再打罵她；將來有錢，還要殺豬公來酬神。

在複雜的心情中，林木土一直眼睜睜地睡不著。風雨一陣緊似一陣，除了天際的閃電，大地完全黑漆一片，彷彿世界末日來臨。林木土蜷臥在榻榻木的一角，全身發抖，額角冒著冷汗，他無聲的叫著：「天公啊！救命！救命！」

屋頂開始漏了，雨水吧嗟吧嗟地打在泥地上，屋外也開始有了瓦片、鐵板飛起來互相撞擊的聲音。風靜的時候，林木土聽見了流水的聲音，他在奇怪：河水聲為什麼會這麼近呢？這個念頭才一掠過腦際，他就感到身體底下冰冰涼的，用手一摸，不得了，全是水，一定是淹水了。他伸手推著身邊的兩個男孩子，一面大聲叫：「阿綢！阿綢！快點起來！漲大水了！」

他的話還沒有說，翻天覆地的一聲巨響，他們的破屋的屋頂被風掀走，狂風立刻灌滿一室。豪雨肆無忌憚地傾瀉而下，河水從木壁的下面滔滔湧進，幾分鐘之內，簡陋的小屋立刻解體，屋中的大小四個人也被大水冲走得無影無踪。

七

在驚惶中根本就來不及思索，泡在水中的阿綢本能地順手抓住了浮在她身邊的一塊木板。洶湧的河水把她順流捲去，在凉颼颼的河水中載浮載沉，她害怕極了，吞進了幾口水以後，就昏了過去。

也不曉得過了多久，幾乎像是幾個世紀了，阿綢方才悠悠醒來。她先是覺得自己身上很溫暖，睜開眼睛以後，又發現是躺在別人的床上，床邊圍著兩個十幾歲的女孩子。兩個女孩中的一個，一看見阿綢的眼皮睜開，立刻高興地扯著另外一個女孩的手說：「姊姊，你看，她醒了！」

「哦！謝天謝地！她真的醒了！」另外那個女孩也歡躍著。她俯下身去問阿綢：「小妹妹，你肚子餓不餓？要吃點東西嗎？」

這兩個女孩講的是國語，阿綢已經差不多忘得一乾二淨了。她沒有回答她們，因為她忽然想起了她的阿爸、弟弟和那間破屋，還有那陣令人心悸的暴風雨。她哭了起來，直嚷：「我的阿爸呢？我的小弟弟呢？我要回家！我要回家！」

房外跑進來一個中年婦人，驚喜的問：「她醒了？她在說什麼呀？」

「媽，她吵著要回家。」大女孩回答。

「不行呀！她現在身體很虛弱。怎能起來呢？對了，我要先給她喝點薑湯才行。」中年婦人說著走了出去，一會兒，就捧著一碗熱騰騰的東西進來。

她捧到床前。大女孩把阿綢的頭扶起，用閩南語跟她說：「小妹，把這碗湯喝下去，你受了涼，喝下去就會好的。」

阿綢點點頭，就在中年婦人手中把那碗辛辣的熱湯喝了。

中年婦人拍拍她的頭，微笑說：「好，你真乖。」

阿綢睜著一雙大眼，骨碌骨碌地望著四週說：「這是什麼地方？我的阿爸和小弟呢？」

「小妹，這是我們的家。這是我媽媽，你可以叫她方媽媽。我是方苓，這是我妹妹方芷，你叫我們方姊姊好了。你會說國語嗎？」這次，大女孩是用國語跟她說的。

「我本來會的，現在忘記了。你們快告訴我，我的阿爸和小弟在那裡？」阿綢又快要哭了。

「小妹，我們是今天早上在河邊把你救起來的，沒有看到你的爸爸和弟弟。你原來是住在那裡的呢？」方芷說。

「我家就住在河邊嘛！我要回家去呀！」阿綢忘了，也許根本並不知道她的家已經毀了。

「小妹妹，你河裡淹了很久，身體很弱，現在還不能起來，等你好了，我們會帶你回家去的。」方太太也不管阿綢聽得懂聽不懂，就這樣撫慰著阿綢。然後，又對兩個女兒說：「你們陪著她，我去熬點稀粥給她吃。」

方太太一走開，三個女孩子立刻嘰嘰嘰嘰地，半閩南話半國語的攀談起來。阿綢斷斷續續把自己可憐的身世告訴了方家姊妹，使得讀高一的方苓和讀初二的方芷為她唏噓不已。

到底是年紀還小，還不識愁滋味，在方家姊妹友情的溫暖下，阿綢漸漸就淡忘了自己無家之痛。啜過了稀粥，便又沉沉睡去。

第二天，她再度醒過來時，身體已完全恢復。她一躍起身，方家姊妹為她準備了一盆熱水，給她洗頭洗澡，又把她們穿不下的舊衣服給她穿上；這時的阿綢，清潔而舒適，自覺彷彿是個新人。

她們帶她到屋裡屋外去走動，並且拜見了她們的父親。方先生是個小公務員，他們住在臺北市北區的淡水河邊，屋子只是一間簡陋的平房，外面有個小小的院子。屋裡的陳設也很簡陋，但是卻窗明几淨，這在阿綢看來，就已經是天堂了。

當方家姊妹陪著她走到院子裡，隔著籬笆看到了黃蕩蕩的淡水河時，阿綢突然吃驚似的站住了，因為她想起了自己曾經在河裡漂流過的可怕經驗。她臉色發白，拉住方苓的手，顫抖地說：「方姊姊，我怕！」她跟方家姊妹相處了兩天，說國語能力又漸漸恢復過來。

「怕什麼呢？阿綢。」方苓緊緊地拉住她的手。

「我怕這條河。」阿綢指著河水，又想起了那場颱風。「假使不是你們救起我，我一定已經死了。」

「阿綢，現在用不著怕了，你有我們。」方芷也安慰著她。

「可是，我想回家去。」阿綢幽幽地說。

「你說不出你的家在那裡，叫我們怎麼送你回去呢？」方苓也在替她焦急。

「啊！對了，阿綢，你說你以前曾經在一間國民學校旁聽過，你記得那間學校的名字嗎？」方芷的腦筋很靈活，她想出了這個主意。

「我……我不記得了。」阿綢咬著指甲，拚命的思索，因為想不出而幾乎哭了起來。「那麼，你還有什麼親戚你記得他們地址的呢？」方芷又問。

「啊！有的，我還有兩個姊姊，她們都在別人家裡做下女。」阿綢這時才想起了她的兩個妹姊。

「你知道她們的地址嗎？」方苓急急地問。

「不知道。我只知道我的大姊在六條通，到了那邊我會找得到的。」阿綢還在咬著指甲。

「真的嗎？那太好了！我們現在就帶你到六條通去。」方家姊妹高興得跳了起來。她們稟告了父母，三個女孩出門搭上公共汽車，直駛中山北路。

進了六條通，阿綢立刻變得活潑起來，因為她認得這個地方。在方家，固然大家都待她很好，但是她總有陌生之感；現在，她才覺得又尋回了原來的自己。

「這間就是！」在巷子的中間，阿綢指著一幢日式平房叫了起來，接著，她就跑過去按鈴。出來開門的正是她的大姊阿英。阿綢看見姊姊，大叫了一聲，欣喜地就要撲過去抱住她；可是，阿英卻好像見了鬼似的，瞪大了眼睛，張口結舌，一步一步的往後退。

「阿姊，是我呀！你怎麼啦？」阿綢叫著追過去。

「救命呀！有鬼！有鬼！」阿英臉色慘白，狂叫了一聲，就跌跌撞撞的往屋裡跑。

阿綢哭著往回跑：站在大門外的方家姊妹親眼看到了一切情形，也覺得莫名其妙。她們安慰阿綢說：「別哭，我們帶你進去問個究竟。」

她們拉著阿綢走進院子，走上屋子的臺階，敲了敲門，一個年輕的女人出來開門，那是阿英的女主人馮太太。她仔細地看著阿綢，問：「你不就是阿英的妹妹阿綢嗎？」

「是呀！太太。我就是阿綢，我姊姊為什麼不理我了？」阿綢抽噎著問。

「阿綢，你沒有事？人家都說你淹死了呀！」馮太太緊張地問。「這兩位是誰？你們都請進來坐吧！」

於是，方家姊妹就爭先恐後地把她們爸爸如何在颱風過後的早晨發現阿綢僵臥在河邊的經過告訴了馮太太。馮太太聽了，眉心微蹙，臉色凝重，不斷地辦著頭說：「哦！原來是這樣！

原來是這樣！」她大聲向裡面叫：「阿英，沒有事了，你出來呀！」

阿英從裡面探出半個頭來，怔怔地望著阿綢好一會兒，然後，忽地衝過去抱住她，放聲大哭：「阿綢，我們還以為你死了呢？」

阿綢也哭了，她說：「阿姊，我真的差一點死了，全靠這兩位方姊姊的爸爸救了我呀！」阿英立刻向方家姊妹深深一鞠躬，很文雅地說：「謝謝兩位救命恩人。」她雖然沒有念過書，但是兩年來在馮家受薰陶以及常聽廣播的關係，也變得相當懂事了。

「那裡啊？那裡啊？」方家姊妹忙不迭地避開說。

「阿姊，要不是方姊姊她們帶我來，我就找不到你了。你帶我先去看看二姊，然後我們回家去好嗎？阿爸他們一定急壞了。」阿綢拉著她姊姊的手說。

阿英聽了，抱著阿綢哇的一聲又哭了起來。

馮太太在一旁說：「阿英，別哭了，我們遲早要告訴她。」她站起來，把阿綢拉到她身邊坐下來說：「阿綢，我要告訴你一個不幸的消息，你聽了不要難過。你爸爸和弟弟都在那個颱風的晚上被水淹死了，是派出所的人在第二天發現他們的屍體的。所以，大家以為你也死了。你們的木屋也毀壞了，你可以暫時在這裡跟你的姊姊睡在一起。」

「啊！可憐的阿爸！可憐的小弟！我們沒有家了，我們怎麼辦啊？」阿綢聽了馮太太的話，立刻放聲大哭，而阿英加入了一份。儘管那個殘廢的爸爸在生前絲毫沒有盡到父職，也不曾給過她們一絲父愛；但是，畢竟骨肉至親，這兩個貧苦的女孩子，仍不免為了喪父而大慟。儘管河邊那間破木屋是那麼低矮湫隘，不蔽風雨，然而，她們是在那兒長大的，那是她們的家，她們生命寄托之所，如今，她們的家毀了，她們成了無根的浮萍，又怎能不痛心？

旁觀的馮太太不斷地搖頭太息，方家姊妹也頻頻用手帕揩著眼睛，暗暗流淚。

方苓說：「馮太太，阿綢的家毀了，她可以永遠住在我們家裡。」

「不，那怎麼行？你們跟她本來並不認識，我起碼是阿英的主人，她應該住在我的家裡。」馮太太在提出抗議。

「可是，我們跟阿綢是好朋友。」方芷說。

「她應該跟她的姊姊在一起。」馮太太堅持著，然後轉向阿英：「阿英，你說是不是？阿綢應該跟著你。」

阿英點點：「是的，太太，我們一家人現在只剩下我們姊妹三個了，我是她的大姊，我應該照顧她的；只是，我不能白白要你養她，你可以在我的工錢裡扣回她的伙食費。還有兩位方小姐，我以後也要去謝謝你們的。」

「阿英，你這是什麼話？你們遭遇到這種不幸，你的妹妹住在我這裡，我還要算她的伙食錢？你把我當作什麼人？」馮太太生氣地說。當然，她是養得起一個小女孩的，她的丈夫是一間紡織廠的經理，他們有的是錢，而且住的地方也夠大。

「太太，你對我們這麼好，我們該怎麼報答你呢？」阿英感激涕零的說。

馮太太正要回答，一直坐在沙發上抽噎不止的阿綢忽然抬起頭說：「太太，我不能白吃你的飯，我要替你做工，我什麼都會做的。」

馮太太再度要說什麼時，又被方芷搶先：「那麼，阿綢，你到我們家做工去，我們喜歡你。」

阿英問方芷：「你們家也要請下女？」

「嗯！我媽媽一直都想出去做事，可是又一直找不到人來幫她做家事，所以沒有辦法出去；要是阿綢肯來不是最好不過嗎？」

「你的主意倒不錯，只不知你媽媽答應不？」馮太太說。

「我媽媽一定肯的，她也很喜歡阿綢。」方苓搶著回答。

「我們現在就帶阿綢回去。」方苓說著就站了起來。

「不，阿英，你還得帶阿綢到阿玉那裡去，使阿玉高興；然後，你陪她一起到方家去，看方太太的意思怎樣？要是方太太嫌她太小，或者怎麼樣，你就帶她回到我這裡，總之，我這裡是隨時歡迎她的。」最後，馮太太下了這樣的結論。

八

在方家姊妹小小的房間裡，多放了一張帆布行軍床，這便是阿綢的新家，轉眼，她已在這個新家過了兩個多年頭。現在的她，已是一個長得亭亭玉立的十五歲少女。

自從她來到方家幫傭，方太太很快的就在外面找到了一份會計的工作。多了一份收入，方家的生活得以改善，因此，方太太非常喜歡阿綢，認為是她帶來的幸運。

方太太在外面工作，全副家務，便落在阿綢一個人身上。憑著過去在家裡的經驗，阿綢都能做得井井有條，所以也就更得方太太的歡心。他們一家人都對她很好，從來不把她當下人看待，每一個人，只要有空，都會自動幫她工作，使她好像生活在自己家裡一樣。而在阿綢的心中，這個新家，又不知比她原來的家好了多少倍；這裡比她原來的家舒服，這裡的伙食比原來的家好，這裡沒有罵人的聲音……。雖則如此，在剛到方家的早期，偶然午夜夢迴，她想起了死去的父母和兩個弟弟，仍然會偷偷飲泣。

兩年多以來，方家姊妹在有空的時候就輪流教阿綢讀書寫字。如今，聰明的阿綢已有國校畢業的程度：她說得一口流利的國語，會閱讀書報，會寫普通的書信，會算四則題，也懂得簡單的史地以及一些普通常識。每天晚上，這三個女孩子就聚在房間裡，各人做各人的功課，一副融融泄泄的樣子；在別人的眼中看來，她們簡直就是姊妹三個。

有一天，阿綢忽然間想起了林淑惠老師。她想，她的所以能有今天，固然是方家的賜予；但林老師為她啟蒙之功也不可沒，假使林老師當初沒有教她識字，她今天又怎能接受方家姊妹盼指導呢？我已有幾年沒有看到她了，現在為什麼不去表示一下謝意？

一個星期天的下午，她向方太太請了假，獨自坐上公共汽車往西區去。下了車，在還沒有走到林內科醫院前，她突然想到河邊舊居之地去憑弔憑弔，於是，她就直往淡水河畔走去。

自從那次大颱風以後，阿綢原來所住的那個河堤下的貧民窟，已經沒有人敢住在那裡了。劫後的破木屋已被拆除，在那塊潮濕的土地上，有人闢作菜園，綠油油的芥菜和一球球碩大的包心菜正在陽光下茁壯生長。

阿綢在菜園附近徊徘了一會兒，想到了死去的雙親和弟弟，不勝傷感。最後，她又爬上水門，坐在鐵環上，望著腳下滾滾而流的黃濁江水，更是感慨萬端。對於人生，她自覺似乎已經懂得很多，有時又似什麼都不懂，捱饑受凍的日子是過去了，但是她仍是感到很空虛。

兩個姊姊，自小就離開家，跟她不大談得來；方家姊妹，雖然對她情同手足，她心裡又總覺得自卑，認為自己只是個僱傭。她到底需要什麼呢？她羨慕的是方家姊妹，她希望自己也跟他們一樣，有個溫暖的家。

當她從水門上走下來，正要往林內科醫院的時候，她忽然注意到一個從小巷子中推著一部兩輪貨車出來的少年看來好生面熟。她站在路旁看著他；因為路上人少的關係，那個少年也望了她兩眼。

她躊躇了一會兒，終於大著膽子叫了一聲：「你是不是大龍？」

那個少年一愣，望著她半天說不出話來。

「大龍，我是阿綢呀！你不認得我了嗎？」

「你是阿綢？你沒有被大水淹死？」大龍把她從頭到腳打量著。

「我當然沒有死，死了還能在這裡跟你講話嗎？」遇到兒時的朋友，阿綢顯得很高興。

「阿綢，你變成有錢小姐了，你好漂亮啊！」大龍雙眼發亮，衷心地讚美她。

「見鬼！什麼有錢小姐？我還不是給人當下女？你呢？大龍，你現在住在那裡？做些什麼事？」阿綢很關心她的老朋友。

「收買舊報紙和酒瓶呀！像我們這種撿破爛的窮人，還能做什麼事呢？住嘛還是在河邊搭木屋，只不過換了一個地方罷了——還是你有辦法，你以前說過要當老師，現在也蠻有小姐派頭呀！阿綢小姐，再見！我要做生意去了。」大龍現在長得跟大人一樣高了，阿綢記得他比自己大四歲的，該有十九歲了吧？他的臉黑裡透紅，眼睛炯炯有光，身體很結實，臉上還帶著小時那種桀驁不馴的表情。他說完了，擺擺手，就推著車子走開，嘴裡一邊喊著：「有酒瓶新聞紙賣嗎？」

阿綢傷心地站在路旁，望著大龍壯碩的背影，她覺得大龍未免太不念舊了，兒時好友重逢，只講兩三句話就走，簡直太不夠人情味嘛！

正想著，大龍忽地又推著車子回來。「阿綢，你住在那裡？我以後可以去看你嗎？」他急急地問。

「哼！我以為你已忘記我這個朋友了，想不到你還會問我的地址！」阿綢笑罵著，其實心裡很高興。她把方家的地址告訴了大龍，大龍從口袋中掏出一小截鉛筆，又從他所買來一捆一捆的舊報紙中撕了一小張記下來，然後珍重的放進口袋裡，兩人這才再度說聲再見，揮手而別。

阿綢滿懷欣悅的走進了林內科醫院，怯怯地上了二樓。一走進客廳，她就看見林淑惠打扮得漂漂亮亮的挽著她的男朋友正要出門去，兩個人都還是四五年前那個樣子，一點也沒有變。

「林老師！」阿綢站得直直的，很有禮貌地向林淑惠一鞠躬。

「你——你是誰？」林淑惠驚疑地望著她。

「老師，我是林阿綢。」阿綢一個字一個字很清楚的回答。

「什麼？你是阿綢？」林淑惠走過來握著阿綢的手，仔細的端詳著她，喃喃自語：「對的，你是阿綢，我認得你的眼睛，只是，你現在長得更漂亮了。」說著，她又轉向她的男朋友：「永華，原來我的小阿綢還在哩！我們等一下再走吧！」

「老師，你是不是有事要出去？」阿綢乖巧地問。

「阿綢，老師看到你，高興都來不及哩！我們晚一點再出去不要緊。」林淑惠說著，就拉著阿綢的手跟她並排坐在沙發上，絮絮問她過去的事。

阿綢說完了，她就嘆一口氣說：「唉！真是想不到！前年那次大颱風，報上說你們住的地方完全被大水沖毀，後來我到河邊去看過，也以為你們遇了難，心裡難過得死——」

她說到這裡，那個名叫永華的青年就搶著說：「你林老師還哭了一場哩！」

「阿綢，我真替你高興！你遇到這種災難而沒有死，將來福氣很大的啊！」林淑惠一面細看著阿綢，一面又對永華說：「我以前說過阿綢將來會變得很漂亮，沒有說錯吧？你看，她現在的眼睛多大多亮，睫毛多長！」

「得了！別吹啦！好像你什麼都對似的。現在怎麼辦呢？你找回你的得意高足，而我們——」永華說到這裡就頓了下來。

一陣陰霾歡掠過林淑惠的臉。「阿綢，我實在不想說出來，假使你遲幾天才來，便見不著我們，我和他在幾天之內便要走了。」

「老師，你們要到那裡去？」阿綢緊張地問。

「我們要到美國去讀書？」林淑惠說。

「美國？」

「美國在很遠的地方，要坐很久的船才能到哩！」林淑惠忽然想起了什麼，又問：「對了，阿綢，你還記得以前我教你讀過的課程嗎？」

阿綢一聽見這樣問，精神立刻抖擻起來。她滔滔不絕地把方家姊妹如何教她讀完了小學課程的經過完全告訴了林淑惠，林淑惠聽見了也高興得把離愁都沖淡了。

「阿綢，你有這樣的好運氣，天性又聰明，有機會我真希望你再去念中學。你看，我跟他這麼大了，也還要再讀書哩！」

「林老師，你們為什麼要到美國去讀書，不在這裡讀呢？」阿綢不解地問。

「因為，」林淑惠微笑著。「這裡的學校我們已經都讀完了，到美國去可以學到一些新的東西。阿綢，以後你要寫信給我嗎？」

「美國也可以寫信去？」

「為什麼不可以？你只要找人替你寫英文信封就行了。」林淑惠說著，就把她在美國的地址抄給阿綢。於是，阿綢也像大龍剛才收藏她的地址那樣珍重的把那片小紙收起來。

為了不妨礙林淑惠外出，阿綢很快就起身告辭。林淑惠送她到樓下，握著她的手久久不放。

阿綢今天的出門可說是悲喜參半。悲的是她從此要跟她所敬愛的林老師遠別，喜的是遇到舊友大龍。她懷著複雜的心情回到方家，把所有的遭遇都告訴了方苓方芷，同時，還要求她們教她英文。好強的她，立下決心要學會英文，她不想求人替她寫信封。

第二天，當方家夫婦上了班，方苓方芷上了學以後，阿綢站在鏡前左顧右盼，細細觀察自己從來不曾聽過有人說她漂亮，昨天，大龍和林老師兩個人卻都讚她美麗，我真的漂亮嗎？她懷疑地諦視著鏡子，鏡子裡出現的是一個有著一雙大大的、烏亮的眼睛的小姑娘，是的，睫毛很長，這使得她眼睛更美。可惜我太瘦了，她想。臉色也不怎麼好；這也許是以前過的貧窮生活留下來的影響。方媽媽總是鼓勵我多吃的，她從來不吝嗇食物，也許我慢慢會變得胖一點吧？

站在鏡前，阿綢漸漸陷入幻想中。她看見自己長大了，穿著林淑惠昨天所穿的漂亮衣服，手裡拿著一疊書，身旁還有一個男人，那個人只是個模糊的影子，她根本不知道是誰。

九

「阿綢，你今天晚上有空嗎？」那個雜貨店的店員柯錦波在找錢給阿綢的時候，背著老闆娘，偷偷地向她說。

「晚上我們小姐要教我讀英文。」阿綢回答了，提起菜籃就走。

「你今天不要讀好不好？我請你看電影。」柯錦波跟著她走到門口，不放鬆地說。

「咦！你請我看電影？為什麼呢？」阿綢的兩隻大眼睛一眨一眨的，露出了一臉詫異的顏色。

「不為什麼。你到底答應不答應嘛？」柯錦波的一張臉脹得通紅。

阿綢歪著頭打量了柯錦波半天。自從她到方家來幫傭以後，幾年來幾乎天天都要到柯錦波的店裡買東西，她只知道這個沉默而害羞的青年人一向對她都很不錯，兩個人偶然也會搭訕談幾句；但是，她絕對想不到他居然要請她看電影。現在，他方臉上的青春痘因為著急而顆顆都像紅豆一樣又紅又潤，那副張口結舌、緊張而又說不出話的樣子看來很滑稽，使得阿綢感到可憐又可笑。終於，她抿著嘴點了點頭，說：「好吧！」

「那麼，你在七點鐘以前到××戲院門口等我。」柯錦波急急的說完了，就走進店裡。

吃過晚飯，阿綢對方太太說她有事到姊姊那裡去，等回來再洗碗，方太太答應了她。然後，她又向方家姊妹請了「假」，換上一套新衣裙出去。她自己也不知道為什麼要向她們撒謊，不知怎的，她就沒有勇氣說出實情。

還沒有走到××戲院門口，她老遠就看到柯錦波在等候著她。他穿著一件大花襯衫，頭髮梳得光光的，因為過度緊張而顯得渾身不自在。看見了阿綢，只懂得裂著嘴笑，也不知道說什麼好。倒是阿綢比較大方，她很自然地問：「你來了很久了？」

「沒有，我剛剛來。」柯錦波把手中的兩張票子朝她揚了揚，傻笑著。「我們進去吧！」兩個人走進了戲院，並排坐下。這是一家三輪戲院，放映的是臺語片，環境跟設備都很差，又髒又亂的，嘈雜一片。阿綢也跟方家姊妹去看幾次電影，她們看的是國語片和西片，所去的戲院都比這家上等些，因此，阿綢心裡就老大不高興，一句話也不說。而柯錦波又不懂得說什麼，於是兩人就一直沉默著。

電影開始放映以後，在黑暗中，柯錦波鼓勇問了一句：「好看嗎？」

「我怎麼知道？現在才開始嘛！」阿綢沒好氣的立刻頂回去。

「嘿！嘿！」柯錦波尷尬地乾笑了兩聲，以作解嘲。

過了好一會兒，他忽然又問：「阿綢，你有沒有告訴你的頭家娘說你跟我去看電影？」

「我有沒有告訴她，關你什麼事？」阿綢存心跟他抬槓。

「我的意思是——，不知道你的頭家准你跟我來往不准？」柯錦波結結巴巴在解釋著。

「你這個人真是太奇怪了！」阿綢忽然大怒起來。「我只不過跟你出來看一場電影，誰說要跟你來往的？」

也許是她的聲音大了一點，引得前排的觀眾都轉過頭來看他們，這使得阿綢更是又羞又憤。她按捺著性子，輕輕對柯錦波說：「我不舒服，想先回去，你自己看吧！」

說著，她就站起來，走了出去。他在後面跟著她，忍痛放棄了銀幕上的愛情鏡頭。「阿綢，你是不是在生我的氣？」走到戲院門口，他挨在她的身邊問。

阿綢不理他，直直的往回家的路上走。

他緊緊跟著，又問：「我知道，你不喜歡我。你喜歡那個黑黑胖胖的傢伙是不是？」阿綢站住了，雙眼射出了怒火。「什麼？你說什麼？」

「我說你已經有了另外的男朋友，就是那個黑黑胖胖的傢伙，我看見過你跟他一道走。」柯錦波臉上的青春痘一顆顆都脹紅著。

「我有男朋友關你什麼事？姓柯的，我可不准你隨便侮辱他。」阿綢大聲的說完了，就大踏步的往前走。

柯錦波好像被人擊中了一拳似的，站在路旁張口結舌，呆了半天，然後再走進戲院裡，繼續去欣賞愛情鏡頭。

阿綢起先是怒沖沖地急走著，後來，當她快回到方家時，忽然又想起，現在回去是不是太早了一點呢？這樣是會引起她們的疑心的呀！於是，她踅進一家冷飲店裡，叫了一客刨冰，用小調匙慢慢的舀著吃，藉以拖延時間。當那涼涼的甜甜的汁液從她的舌頭流進食道裡時，她的怒火澆熄了，一絲甜蜜的感覺也隨著升起。

「那個黑黑胖胖的傢伙」——大龍，真的是我的男朋友嗎？她低著頭在想。她自從大半年前在路上遇到他以後，大龍真的到方家來找過她幾次。第一次是在晚上，阿綢很大方的把他介紹給方家夫婦和苓芷姊妹，說是她童年時的好朋友，而他們也都很客氣的招待他。以後，大龍就不敢在晚上來了，他都挑他們全家上了班上了學的時間來，他說他在他們面前會顯得很跼促，說不出話。

啊！當他們兩個人單獨在方家的客廳裡對坐時，那真是快樂的時光！他們往往一邊剝著落花生，一邊講著童年的趣事或者現在的生活細節，講得哈哈大笑。阿綢會告訴大龍，林老師有信從美國來了，並且寄了一個精緻的小別針給她，只可惜她到現在還不會寫英文信封，還得要方家姊妹幫忙。大龍會告訴阿綢，他如何用低價貢進一大包廢紙，後來又在廢紙中發現一些完整的舊書和舊雜誌，於是他賺了一筆小錢。

阿綢覺得很奇怪，大龍現在為什麼變得溫順了？當他跟她在一起時，他的眼神和聲音都顯得好溫柔好溫柔，完全不是以前那個調皮搗蛋的頑童了。她覺得大龍也長得很好看，他雖然黑，可是身體很結實很棒，尤其是那雙發亮的眼睛最是迷人。

他不胖，只是健壯而已。柯錦波是在故意侮辱大龍，他一定是在忌妒！阿綢是早熟的，還不到十六歲，就已懂得愛情。在私心裡，她是喜歡大龍的；但是，也不怎樣討厭柯錦波。大龍雖然長得好看，到底只是一個收買破舊的小販；而柯錦波卻是個店員，又讀過兩年商職。

我以後還要不要接受他的邀請呢？阿綢吃完了刨冰，又歪著頭在想。他剛才的說話固然令她生氣；可是他完全是由於忌妒而起的，他是愛著我的，我對他還是不要太絕情算了。

阿綢把心事解決了，就離開冰店，心安理得的回家去。第二天，她去買菜時仍然去光顧柯錦波的雜貨店。那時剛好老闆娘不在，柯錦波就釘著她說：「阿綢，昨天晚上你好兇啊！」

「誰叫你講那些鬼話嘛？」阿綢白了他一眼。

「假如我不再講，你要不要再跟我去看電影？」柯錦波正在給她秤白糖，他加了一杓又一杓，使得那座天平的指升了一格又一格。

「喂！你給得太多了，小心老闆娘罵你啊！」阿綢沒有回答他。

「我不怕她罵，只怕你不理我。阿綢，你答應我好不好？」柯錦波把包好的白糖交給她，一面苦苦地哀求。

「以後再說吧！現在少囉嗦！」阿綢給了錢，又白了他一眼，提起菜籃，就輕盈地走了。

以後，阿綢就經常接受柯錦波的約會。柯錦波不能夠常常出來，不過，一個月裡面總會邀約阿綢一兩次，他們大多數去看電影，偶然也會吃吃宵夜或者夜市去逛逛。

大龍始終是在白天來，一個月也是一兩次的樣子，他不知道阿綢也在跟另外一個男朋友約會，柯錦波則早已知道大龍這個人，因為大龍每次去找阿綢，必須經過柯錦波的雜貨店。不過，柯錦波現在不再吃醋了，一則，他怕阿綢生氣，二則，他自信大龍不是他的敵手。

方家的人也不知道阿綢已經有了男朋友，那是由於她掩飾得非常巧妙的緣故。現在的阿綢，出落得更加美麗了，一雙黑漆似的瞳子像星星般在閃耀，兩片薄薄的嘴唇微笑起來就像剛剛開放的蓓蕾。她的皮膚漸變白嫩，身段漸變豐滿；加上這幾年在方家所受的薰陶與教養，假如穿上較好的衣服，看起來簡直就像一個中上家庭的小姐。方家姊妹常常取笑她：「喲！阿綢，你真是愈來可愛了，假使我是男孩了，我一定要追求你的。」

這時，方苓已上了大學，方芷也升上高中。方苓剛剛認識了一個比她高兩年的男同學，正沉醉在初戀的甜蜜中。阿綢看在眼裡，非常羨慕，她雖然已經有了兩個男朋友，但是她對他們都不太滿意，她覺得，像方苓那個男同學陶宗遠那樣的青年，才合乎理想。

有一天，大龍來了，他的神情有點抑鬱，不似平常那樣開朗。才坐下來不久，他就悲哀地望著阿綢說：「阿綢，我馬上就要入營服役，以後我們要很久才能見面了。」

「哦！」阿綢應了一聲，沒說什麼。

「阿綢，你願意等我嗎？」大龍的黑眼睛在閃耀著一種奇異的光芒。

「等你什麼？」阿綢故作不解。

「等我回來。」大龍俯身向前，注視著她。「阿綢，我要去三年才回來，那時，我已經廿三歲，你也有十九歲，要是我找到工作，我們就可以結婚了。你先答應我好不好？」

阿綢聽了他的話，忽然哈哈大笑起來，一直笑到流出了眼淚。

「阿綢，你笑什麼？」大龍惶恐地問。

「大龍，我笑你太天真太幼稚了。」阿綢一面笑一面說，她現在從方家姊妹那裡已經學到了不少「新名詞」。

「你以為男女做了朋友就一定要結婚的麼？」

「可是，阿綢，我喜歡你。」大龍的一張黑臉因為激動而脹得通紅。

「你喜歡我，我就一定要跟你結婚嗎？」阿綢噘著嘴。

「阿綢，你一定也喜歡我的，我們從小就是好朋友。」

「笑話！」阿綢冷笑了一聲。「好朋友是一回事，結婚又是一回事。大龍，我跟你講，我還小，不想談到這件事，請你不要再說下去了。」

「好吧！也許你真的是太小了，等我當兵回來再說吧！」大龍嘆了一口氣，深深地凝視著他童年的玩伴。他想自己也許是太心急了，阿綢才不過是十六歲的小姑娘，跟她談結婚，豈不是會把她嚇壞嗎？

出乎阿綢意外的，過了兩天，柯錦波也向阿綢提出同樣的問題，原來他也要入營了。

自從看見過方苓的男朋友陶宗遠後，不知怎的，阿綢對大龍和柯錦波兩個人就愈看愈不順眼。尤其是矮小、俗氣的柯錦波，更使她感到討厭。想想看：陶宗遠是那麼高大、挺秀，端端正正的臉龐上戴著一副黑框眼鏡，又是多麼的溫文儒雅！你，柯錦波，兩隻小眼睛，一臉青春痘，說話又粗鄙不文，算是什麼貨色呢？方苓並沒有比我美麗，只因為她是個大學生，所以能找到陶宗遠那樣的男朋友罷了？啊！阿綢，你的命為什麼這樣壞？人家可以讀大學，而你卻要當下女呢？

當柯錦波約她到一家小吃店裡，絮絮叨叨的哀求她要等他回來時，阿綢想到了自己身世的不幸，不覺就遷怒到柯錦波身上。她惡狠狠地指著他的鼻子說：「姓柯的，你也不照照鏡子，憑你這副長相，也敢要我等你三年？」

柯錦波被罵得臉上一陣紅一陣白的，也就惱羞成怒起來。「好，我知道你就是嫌我醜；但是，你那個又黑又胖的傢伙也不見得漂亮呀！」

「這個，你管不著！」陶綢仰起了頭，不屑地說。

「你這個歹查某，今天算我認識你了。你不肯等我，以為我就找不到別的查某嗎？哼！你等，著瞧吧！」柯錦波氣忿忿地說。

兩個人愈吵愈厲害，終於不歡而散。這在柯錦波心裡，可能是一道創痕；但是，對阿綢而言，擺脫了「那討厭的俗物」，卻感到輕鬆無比。

十

這是連阿綢自己都想不到的，小學都沒有進過的她，現在，搖身一變，居然也是個學生了。說起來簡單的很，她只不過是進了補習班去學英文。

由於方苓近來忙於談戀愛，方芷上了高二功課很緊，而大龍和柯錦波兩個人又相繼當兵去了，阿綢一則急於學懂英文，二則在精神上有也點寂寞；偶然在報上看到了幾則英文補習班的小廣告；於是，她就請方太太准許她利用晚上的時間以及數年來積蓄下來的工資去學英文。方太太一向是疼愛她的，當然不會拒絕。

在那家著名的補習班裡，她讀的是初級班，從ＡＢＣ學起，因為她已從方家姊妹那裡學過了一點點，所以，她的成績一開始就已比別人好。她留著半長的頭髮，髮梢是經過電燙的微微捲曲著，非常俏麗；在衣著方面，她極力模仿方苓的趣味，所以頗有女學士之風；加上她面目的娟秀，舉止的穩重，一進了補習班，就很受男同學的注意。儘管班上有的是濃妝豔抹的吧娘歌女之流；但是，她清新的氣質仍然是出眾的。

為了阿綢這個名字的俚俗，她還替自己另外取過一個新的名字林雅愁。她告訴她的同學，她是方家的外甥女，念過一年初中，因為生病而輟學；由於健康關係暫時不能復學，所以她藉著讀英文來打發時間。沒有人懷疑她的身分與學歷，她看來的確像一個小姐，而她的談吐又的確像個初中以上程度的學生。這個時期的阿綢真是躊躇滿志，做學生、學英文的志願達到了，而她的身分也由下女而變為小姐，享受著學習和交友的樂趣，世界上還有比她更快活的人嗎？

一個初冬的晚上，在下課以前，天氣突然的變冷了，寒風颯颯地從窗外吹進教室，學生們大都穿著單薄的衣服在上課，大家都冷得縮作一團。

下課鈴一響，大家就爭先恐後的搶出去，趕緊回家添衣。阿綢走得慢一點，當她走到公共汽車站上時，剛好一班車子開出，載走了補習班的全部候車學生，只剩下她一個人站在冷風裡。

她身上只穿著一件薄薄的毛衣和一條薄裙子，冷得抱著書本直打哆嗦。正在這個時候，她聽見有人在後面叫「林小姐」，回首一看，是她班上的男生陳金榮，他身旁還有一個高高的青年。

「你還沒有回去？」阿綢問他。

「沒有呀！都是他害的。」陳余榮指指身邊的同伴。「他要我等他，害得我冷死了。」

「好，算我害你吧！我請客，行不行？」高高的青年微笑著問，態度顯得非常的溫文爾雅。他說話的時候，眼睛一直看著阿綢。

「林小姐，小董要請客，我們一道去吧！」陳金榮向車站旁邊一家小吃店呶呶嘴，意思是叫阿綢一道去。

「不了，謝謝你們。」阿綢微笑的推辭著。

「林小姐，一道來吧！天氣這麼冷，吃點熱東西再回家吧！我叫董漢中，都是同學嘛！有什麼關係？」青年彬彬有禮地自我介紹了。

「小董是高級班的高材生，著名的美男子和大眾情人。」陳金榮在旁邊笑嘻嘻地接著說。

「林小姐，快點來吧！你再不來我就要冷死啦！」

冷風和董漢中的儀表驅使阿綢不再客氣，她跟著他們兩個走進了小吃店。

三個人都要了牛肉麵，因為熱騰騰的牛肉麵最能祛寒。最後，董漢中又要了一盤滷菜和一瓶清酒。

滷菜很快送上來。董漢中倒了三杯酒，放了一杯在阿綢面前，又用紙替她把筷子湯匙都擦乾淨。

他舉起杯子：「林小姐，我很高興能夠認識你。不久以前，我聽見同學說初級班來了一位很美麗的小姐，現在見面，果然名不虛傳。我敬你一杯好嗎？」

「那裡？那裡？我——我——」阿綢的心在狂跳著，一張臉脹得通紅。她從來不曾喝過酒，不知道應該不應該答應他。

「喝呀！林小姐，我也要敬你，我們一起喝吧！」陳金榮也在旁敦促著。

她硬著頭皮，舉起杯子輕輕啜了一口，覺得並不像想像中那麼難喝，也就放了心。

他們並沒有繼續強迫她喝，只是慇懃地勸她進食。陳金榮不斷地向董漢中誇讚阿綢，彷彿他跟她多熟悉似的；其實，阿綢跟他並沒有說過幾句話，只知道他是一間印刷廠裡的排字工人而已。

剛才在馬路上，光線很模糊，阿綢根本沒有看清楚董漢中的臉孔；此刻在燈光下，不免偷偷打量一番。她覺得他，跟方苓的男友陶宗遠，跟大龍，跟柯錦波都不一樣。滿面青春疱、小眼睛的柯錦波根本無法相比；在他面前，陶宗遠只是個書呆子；大龍的黑眼睛算不了什麼；又瘦又矮的陳金榮更是個小丑。董漢中那梳得光溜溜的頭髮，會笑的眼睛，挺直的鼻樑，潔白的牙齒，高高的身材，瀟灑的態度，看來都像個電影明星。他只穿著一件漿燙得很挺的白襯衫，半捲著袖子，而絲毫沒有瑟縮的樣子。

他們慢慢地吃著牛肉麵，兩個男孩子更慢慢地喝著酒。他們喝酒時的在行與老練，使得阿綢覺得很奇怪；她想：他們也只不過比我大幾歲，為什麼在行為上就已完全像個大人呢？

這一頓麵一吃就吃了一個多鐘頭，阿綢低頭一看腕上方太太所給她的舊錶，不覺驚叫了一聲，原來已經十點多了，方太太她們會擔心的呀！

「謝謝你，董先生，我要回去了。」她慌慌張張站起來。

「林小姐住在那裡？」董漢中問。

阿綢告訴了他。

「我送你回去吧！我也住在附近。」董漢中立刻就接了口，同時，兩隻帶笑的眼睛蘊藏著無限柔情的注視著她。

「不用了，我可以自己回去。」阿綢連忙推辭，因為她不想同學們以後到她家裡，以免識出她的身分。

「什麼話嘛？那裡可以讓小姐單獨回家的？」董漢中從口袋中抽出一張一百元的大鈔交給陳金榮。「小陳，我們先走了，你慢慢享受吧！等一下替我會帳。」

說著，他伸手輕輕扶著阿綢的手肘，引她走出店外，揮手招來一輛計程車。

「我們坐公共汽車就行了嘛！」他的「大手筆」使阿綢大為吃驚，坐計程車，她還是頭一遭哩！

「不，天氣冷，還是坐計程車舒服一點。」董漢中說著就扶她走進汽車裡。

其實，吃了那碗牛肉麵，她早就不冷了，加上心情的亢奮，她的內心簡直是在燃燒。

在車廂中，她忍不住就問：「董先生，你已經出來做事了？」

「不要叫我先生，叫我小董好了。你看我像不像一個在外面做事的人呢？」他反問她。

「我不知道。」她低著頭，帶點靦覥。

「告訴你吧！」他坐近她一點，使得兩個頭靠得很近。「我什麼事也沒有做，反正我老頭會給我錢花的，我何必自己找麻煩？」

「你老頭？」阿綢聽不明白。

「就是我家裡的老頭子呀！」

「你的祖父？」

「不是，就是我爸爸嘛！難道你們女生都不說老頭的？」董漢中奇怪地問。

阿綢羞澀地搖搖頭，不敢再說話。

「你白天也在上學嗎？」董漢中問她。

「沒有！」她又是搖搖頭。

「那太好了，你可以陪我玩。」

「不，我白天沒有空。」

「你在白天做些什麼事呢？陳金榮告訴我你住在舅舅家裡。是不是？」董漢中轉過臉來，深情地望著她。

「我要替我舅舅看家，白大他們都要上班嘛！」她低著頭回答。

「那麼，我到你家裡來玩。」

「不！」她緊張地叫了起來。「我舅舅會罵我的。」

「你舅舅好頑固！你為什麼要住在他家裡？」

「因為我爸爸媽媽都死了。」

「可憐的孩子！」董漢中拍了拍她的膝蓋。「那麼，你到底什麼時候才可以跟我出去玩嘛？」

「我不知道！讓我想想看。」她無法抵禦董漢中的迷人魅力，她知道自己的一顆心已牢牢繫在這個英俊的富家子身上了。

車子到了巷口，阿綢就要求下車，因為她怕董漢中知道了她住在什麼地方，會來找她。她下了車，回過頭去跟董漢中道謝和說再見。他的笑眼凝視著她，低低地說：「明天晚上下課後我等你。」

懷抱著一顆跳動的心回到家裡，阿綢臉上的紅潮猶未消褪。方家姊妹還在燈下做功課等她，見了面，就問：「為什麼這樣晚才回來？」

「同學請我吃麵去了。」她轉過臉背著她們。

「男同學？」方苓狡獪地問，緊緊盯著她的背影。

「不是，是女的。」

「妹妹，你看阿綢愈來愈漂亮了，我敢打賭很快就會有男孩子追求她的，你等著瞧吧！」方苓說完了，兩姊妹就縱聲大笑起來。

阿綢只好佯裝害羞，撒嬌地說：「我不來了，你們姊妹兩個人合起來欺負我。」

第二天晚上下課的時候，董漢中果然在阿綢的教室門口等著她。在同學們的注視下和陳金榮的驚訝中，他們並肩走向大門外。

「小林，你上我家去玩好不好？」一走出補習班，董漢中就這樣對阿綢說。「我——我——」阿綢想去而又害怕。

「去罷！怕什麼？我爸爸媽媽都不在家。」他似乎看透了她的心。

「你家住在那裡？」阿綢問。

「就在這附近嘛！」

「你昨天晚上說是住在我家附近的。」

「那是騙你的，否則你怎會答應我送你回去呢？」

「你好壞！」她表面是發嬌嗔，心裡卻是對他的體貼非常感激。

「走吧！拐一個彎就到了，到了家裡我再向你陪不是。」他輕輕拉起她的手。她一慌，立刻就掙脫了，但是卻乖乖地跟著他走。

過了馬路，走了兩分鐘，他領進她拐一條很幽靜的巷子裡，然後在一間很堂皇的洋房面前停下來。他一按鈴，裡面一陣嘷嘷的狼犬狂吠聲嚇得阿綢直往董漢中的身邊躲。他乘機摟住了她：「不要怕！有我哩！」

她又是一慌，連忙掙脫了。

一個男工出來開門，鬼頭鬼腦地望著阿綢似笑非笑的，使得阿綢渾身不自在。董漢中領她穿過花園，走進客廳，裡面布置的豪華，直把阿綢看得眼花撩亂。以前，她以為林淑惠的家最漂亮，現在，和董漢中的家相比，就簡直是小巫見大巫。董家客廳裡擺設設著的是巨型的沙發，厚厚的地毯，落地的電唱機和絲絨的窗簾，還有許許多多阿綢不曾看見過的裝飾物品。

「你的家好漂亮！」阿綢坐了下來，東張西望，由衷地讚美著。

「是嗎？什麼時候我在這裡開個舞會，把你介紹給我的朋友好不好？」董漢中坐在她對面，用欣賞一件心愛玩具的目光望著她。

「不，我不會跳舞。」她扭捏地說。

一個跟她年齡相仿的小下女送上兩杯熱茶，也像那個男工一樣鬼頭鬼腦地打量著她。「我不相信，這樣美麗的小姐不會跳舞？」他歪著頭微笑，露出一口白牙。兩條腿在地毯上伸得長長的，模樣好不瀟洒。

「真的不會，我從來沒有跳過。」她說。心裡很後悔在家裡沒有跟方苓、方芷兩姊妹學習。她們兩個，有時也會打開電唱機亂蹦亂跳一陣的。

「我來教你好了，像你這樣聰明，一定一學就會。」董漢中說著就站了起來，走到那部落地電唱機旁邊，從唱片櫃中抽出一張唱片，打開了電唱機。

在一陣瘋狂喧鬧的樂聲中，董漢中走到阿綢面前，用優美的姿勢向她一彎腰。「小姐，請！」

「我——我不會。」阿綢很為難地退縮著。

「怕什麼？來吧！」董漢中涎著臉向她伸出手。

為了表示自己不是小家子，阿綢只好紅著臉站起來。

於是，董漢中微笑著拉著她的手開始教她怎樣動作。他告訴她這就是扭扭舞，是最流行的舞步。

阿綢是聰明的，她的體態也很輕盈，很快的，她就學會了。她讓董漢中拉住她的右手，身體在音樂聲中急促地迴旋著。她覺得很興奮很快樂：啊！我居然也會跳舞了，並且也開始認得英文（她想不久之後就可以自己寫英文信封了），豈不是一個時髦的小姐了麼？

跳了兩支曲子，她的臉脹得緋紅，也有點氣喘。董漢中扶她坐在沙發上，關了電唱機，一面請她喝茶，一面又大聲叫下女送咖啡和點心出來。

「你真美！小林。」董漢中坐在她身邊，凝視著她。

「那裡？我醜死了！」阿絧不好意思地低著頭。

「小林，我告訴你，以後有人稱讚你美麗，你應該微笑著說『謝謝』，這樣才夠時髦和大方，人家外國女人都是這樣的。」他捉住了她的手。「真的，以前有人稱讚過你美麗沒有？」

她含羞地搖搖頭，把手掙脫了。

「陳金榮有沒有？」他笑了笑，繼續迫問她。

「才沒有，我跟他根本不熟。你跟他是好朋友麼？」她反問他。

「也不是，我跟他在小學同過學，後來又在補習班碰到就是。告訴我，你有男朋友沒有？」他轉過頭去望著她，柔聲地問。

「沒有。」她又是搖搖頭，聲音低得只有她自己聽得到。

「我做你的男朋友好不好？」又問，語氣輕柔得就像春日的微風。

她又羞又喜，正在發愁不知如何回答，下女卻適時送上一壺咖啡和一盤西點，解救了她的困窘。

他用熟練而優美的手勢倒了一杯咖啡給她，一面問：「你要幾塊糖？」

「什麼？」阿絧從來不曾喝過咖啡，根本不明白他的意思，不禁呆呆地問。

「啊！我知道了，你怕發胖，要喝黑咖啡是不是？其實，你苗條得很，怎樣也不會胖的。那麼，你隨便吃點點心好嗎？」董漢中誤解了她的意思，就自顧自的加糖加牛奶。

阿綢啜了一口杯中深褐色的汁液，不覺綴了眉頭。她想：咖啡原來是這樣又苦又澀的，有什麼好喝的呢？她望著董漢中手中那杯冒著濃香的，十分羨慕，又不好意思自動去要糖和牛奶。她對面前那盤看起來很可口的西點也很有興趣；但是，董漢中是那麼文雅地用一把小叉子一口一口的叉來吃，她也只得裝得很秀氣的學著他的模樣。

「小林，剛才的問題你還沒有回答我哩！」董漢中呷了一口咖啡，望著她說。

「什麼問題嘛？」她故意地問。

「好不好讓我做你的男朋友？」

「我才不相信你沒有女朋友哩！你長得這麼帥！」她真心地說。

「我不騙你，我的確有許多女朋友，但是她們沒有一個比得上你。有了你，我對她們就一點興趣也沒有了。」他放下手中的杯子，又捉住了她的手，這次她沒有掙扎。

「你除了上補習班，還上別的學校嗎？」她想多知道一點他的情形。

「我是一家商職的學生。」

「那麼你為什麼要我白天陪你去玩？」

「傻瓜，你以為做學生就一定要天天去上課嗎？」他得意洋洋地說，一面撫摸著她的手背。她的一雙手雖然需要長年操作；但是由於皮膚天生白嫩，倒也不顯粗糙。

「那你的爸爸媽媽不會罵你？」

「他們才不會管我哪！我老頭天天去開會，去應酬，我媽媽天天去打牌，我根本難得跟他們見面一次，連跟他們要錢都要留條子。」他攤開雙手，作了一個自嘲的表情。

「你有兄弟姊妹嗎？」

「沒有，什麼也沒有。」

「你好可憐！所以，你就拼命去交女朋友了，是不是？」

「小林，你在吃醋了，是嗎？我剛才不是已經告訴你，她們都比不上你嘛！」他忽地把她拉到懷裡，就要吻她。

阿綢嚇得死命掙扎，就差點沒有叫出來。

他放了她，一面替她整理著凌亂的頭髮，一面溫柔地說：「你怕什麼呢？我只不過是要證明給你看，我是怎樣的愛你罷了！」

阿綢的臉紅得像喝醉了酒，她的心跳到了喉頭。終於，有男孩子在向我示愛了，而他又是長得這麼英俊，這難道是個夢嗎？

十一

這一頓晚飯吃得真沉悶，方家的四個人都沒有說話，彷彿是山雨欲來的樣子。阿綢自己作賊心虛，更是一聲都不敢響。

草草扒完了飯，把碗盤收進廚房裡，往水槽中一擱，阿綢就躲進房間裡，忙著打扮，準備上學。想不到，方太太也跟著進來，往方苓的床上一坐，就緊緊盯著正在對鏡梳頭的阿綢。方苓方芷兩姊妹也都各自坐在書桌前望著她。

「阿綢，你今天晚上不要去了。」方太太說。

「為什麼？」阿綢吃驚地問。

「我有話跟你說。」

「方媽媽，你說吧！說完我才去。」阿綢轉過身來看著她的主人。

「阿綢，你昨天晚上為什麼這樣晚回來？」方太太平靜地問。

「同學要我到他家去玩。」阿綢低著頭，囁嚅著。

「男同學還是女同學？玩些什麼？怎麼會到十二點多才回來的？你知道嗎？害得我們都睡不著，你方伯伯還特地出去打電話給補習班，人家說九點鐘以後就通通下課了。」

「是去男同學的家，但是去的人很多，有男的也有女的，因為大家玩得高興，所以忘記了時間。」

「是誰送你回來的？我聽見了汽車停在門口的聲音。」

「是——是一個女——女同學，她住在這附近，所以順便送我。」阿綢的臉泛起了兩道紅暈，她想起了昨晚在計程車上，董漢中偷偷吻了她的情景。

「阿綢，你老老實實告訴我，是不是有了男朋友？」方太太一雙銳利的目光在阿綢身上掃射著，彷彿透視到她的內心。而方苓方芷也都一起死命的盯著她。

「沒有嘛！方媽媽！」她驚慌地叫著，低頭避開母女三個人的目光。

「阿綢，你不要騙我了，你以為我看不出來嗎？這大半個月以來，你每晚都遲遲不回來，你開始愛打扮，對家務卻是愈來愈懶散，尤其是昨天晚上，更證明你是交上了壞朋友。本來，交男朋友也並不是壞事，方苓跟陶宗遠來往，我不反對，因為她已是大學生，而且他們談戀愛並沒有妨礙學業。你年紀這麼小，急什麼呢？方苓都還沒有哩！就算你交到了，也應該大大方方帶回來讓我們給你看看才對。你太小了，怎懂得辨別好人壞人呢？阿綢，為了你好，從下個月起，你不要去補習班了，補習班的份了很複雜，你是很容易學壞的。要學英文，她們姊妹沒有空，我和方伯伯也可以教你。」方太太說到這裡站了起來，準備走出她兩個女兒和阿綢共住的房間。

「不，方媽媽，我還要去補習班。」阿綢突然用很響亮的聲音叫了起來。

「阿綢，你說什麼？」阿綢的反叛行為使方太太大吃一驚。

「我說，我還要去補習班。我用的是自己的錢，你不能干涉我。」阿綢一個字一個字的很堅定地說，干涉兩個字也是她最近從方苓方芷那裡學來的。

方太太一時被阿綢氣得面色發白，她指著阿綢，氣呼呼地說：「你太忘恩負義了，你口口聲聲說那是你自己的錢，也不想想那些錢是從那裡來的？」

阿綢嘟著嘴不說話。方太太卻是愈想愈有氣，忍不住繼續數落下去。「我們把你當作親生女兒看待，教你讀書識字，把你打扮成上等人家的小姐；現在，你大了，就想飛了，你對得起我們嗎？」

阿綢開始哭了起來。

方苓勸她媽媽說：「媽，好了，不要說下去啦！」

「她還好意思哭哩！自己做了錯事還不承認。」方太太說著，氣沖沖的走了出去。

「我沒有做錯事！我去讀英文有什麼不對？」阿綢居然朝著方太太的背影頂起嘴來，幸好方太太沒有聽見。

方苓走過去撫著阿綢的背說：「好了，阿綢，你不要再哭了。媽媽不讓你去，是為你好。補習班的份子是很複雜的，裡面吧娘、舞女、歌女都有，媽媽是怕你學壞了。你要學英文，從明天起，我和方芷輪流教你好不好？」

「不！我要去！那裡面的人並不像你們所說的那麼壞！」阿綢把身體一扭，甩落了方苓的手，依然嘟著嘴。

方苓被奚落得臉上一陣青一陣白的，不知如何下臺。方芷在一旁看不過眼，就說：「姊姊，算了，你還說什麼教？人家比你還懂哩！」

說著，兩姊妹不再說話，各自默默做功課去了。阿綢進浴室洗了臉，繼續打扮，挾著課本就出門去。方太太看見她居然如此倔強，氣沖沖追到門口指著罵：「阿綢，我說過了，你要去，以後就不要再回來！」

「不回來就不回來，有什麼了不起嘛？」阿綢居然回頭跟方太太對罵起來。若不是方先生趕出來扶住，方太太準會氣得昏倒。

當補習班下了課，又像每晚一樣和董漢中依偎著在夜街中散步時，阿綢的第一句話就是：「小董，我不打算再回我舅舅家去住了。」

「為什麼呢？」董漢中低頭關切地問。

了。」

「還不是為了你？」阿綢抬頭向他瞟了一眼。「誰叫你昨晚開什麼舞會的？害我捱罵

「那個舞會是為你而開的呀！你怎麼又埋怨起我來呢？你都不知道，昨天晚上你把許多女孩子都妒忌死了。」董漢中半開玩笑半認真地，裝著鬼臉對她說，那個樣子又頑皮又可愛。

阿綢掛在她男友的臂彎上，一面欣賞著他的風趣，一面陶醉在昨夜舞會甜蜜的回憶中，嘴上卻笑罵著：「你還好意思說哪！你這個風流鬼，女朋友一大堆，我不知道算老幾啊？」

昨晚的阿綢，真是又緊張又興奮又快樂。她身上穿的雖然只是一件毛線衣和一條布裙子；但是，連她自己也察覺到，在座所有的女孩子竟然沒有一個比得上她的清麗。她面目娟秀、體態輕盈，而又年紀最小、絲毫沒有矯揉造作，這又豈是座上那些梳馬尾頭、穿花襯衫和牛仔褲的太妹們所能企及的？

當董漢中挽著她，向在座的少年男女介紹時，阿綢發現：所有的女孩子都投給她以妒忌而輕蔑的眼光，而男孩子們對她都表現得親熱而友善，這使阿綢對自己的美麗更增加了幾分信心。可惜的是，她除了那天董漢中教她的搖滾舞以外，其他的舞步完全不懂，只好眼巴巴地望著董漢中跟一個女孩跳完了又跟另一個跳那些女孩子好不要臉喲！她們跟董漢中貼得那麼緊，她真是恨不得把她們從他的懷中揪出來；若不是董漢中後來在送她回家的計程車上吻了她，她真會懷疑他對她的愛不是真心的。

「當然你是老大哪！」董漢中用手捏了捏她的下巴，仍然是半開玩笑的說。

「少說廢話了，我在跟你談正經事哩！」阿綢有點生氣。

「什麼正經事？哦！你說你不想再回你舅舅家去，那麼就乾脆住到我家裡來吧！反正我家裡有的是空房間。」董漢中毫不猶豫的，也漫不經心的說。

阿綢早已料到他會這樣說的，但是她並不想去住他家，她怕他家的男工和下女，當然也怕那未見過面的他的父母。她把這件事向他提出，只是想證明他到底是不是真愛她而已。聽他那樣說了以後，她安心了，就回答說：「不，我不能無緣無故的住到你家裡。我有一個姊——啊！是表姊，她對我很好，我可以住到她家去。」

「這樣也好，也許對你會方便些。」董漢中握住了她的手，無所謂地說。「不過，你以後不住你舅舅家，是不是可以天天出來陪我玩呢？」

「暫時是可以的，但是，我很快就要開始找工作了，我不像你，有父母供給。小董，你有辦法給我介紹工作麼？」想到了前途，阿綢不免有點害怕。

「你放心，都包在我身上好了。像你這樣美麗的小姐，還愁沒有人僱用嗎？」董漢中拍著胸脯說，彷彿多有辦法似的。

那一夜，阿綢和董漢中提早分手，不回方家，卻跑到她大姊阿英家裡。那時，阿英剛嫁了人不久，丈夫是個攤販，兩個人在六條通附近賃了一個小房間居住，阿英依然每天回馮太太那邊工作。

阿綢的突然闖進，使阿英夫婦大吃一驚。當阿綢把她脫離方家的事告訴了阿英之後，做姊姊的更是大不以為然，也像方太太那樣罵了她幾句忘恩負義。但是阿綢堅決得很，說什麼也不肯回方家去，並且說：「假使你不收容我，我也可以去住旅館的，你以為我沒有錢嗎？」

一想到旅館中什麼人都有，阿英又怎放心妹妹一個人去住呢？無可奈何，她只好叫丈夫睡地板，讓妹妹和她一起睡。她的丈夫廖俊雄雖然萬分不樂意，也只好勉強聽從妻子的命令，他是個老好人，對阿英一向都是言聽計從的。當晚，夫妻兩人就好心的為阿綢的前途作打算，阿英勸她繼續去替人幫傭，廖俊雄勸她利用身邊剩下來的幾百元去做小買賣。對他們兩人的好意，阿綢都嗤之以鼻。做了幾天「學生」，剛好認識了廿六個英文字母的她，便自以為身分不同，她要找工作，最低的目標是店員，等而下之的，都不屑一顧了。

第二天一大清早，在阿英回馮家去工作之前，阿綢就吵著要姊姊替她到方家去結算工錢和取回衣物。阿英不肯，她說這樣太對不起人家，要阿綢自己回去。兩人正在堅持著，互不讓步時，方家姊姊卻找到阿英家裡來。

她們一看到阿綢，便露出了好像當年看到她被救後首次甦醒的那種表情，齊聲說道：「謝天謝地！你果然在這裡。阿綢，回去吧！我爸爸媽媽都急死了！」

阿綢倔強地搖搖頭：「你媽媽不是叫我不要再回去嗎？」

「阿綢，你何必這樣認真呢？那是我媽媽在氣頭上的話呀！」方苓說。

「阿綢，你跟我們一起回去吧！我媽媽說不定會答應你再去補習班哩！」方芷也在懇求著。阿綢的心一動；但是，當她想到董漢中拍著胸脯答應給她找工作的神情，便毫不留情的回絕了：「不！我不會再回你們家裡去了。我又不是狗，怎可以任人趕來趕去呢？姊姊，你跟她們回去，把我的東西拿回來吧！」

方家姊妹都氣得哭了，因為阿綢的決絕與無情使得她們十分傷心。

阿英堅決不肯替妹妹去辦那件絕情的任務，結果是廖俊雄替她去辦了，並且帶回來方太太的口信：「歡迎阿綢隨時再回去玩。」

十二

「你有了孩子了，小姐。」那個有著一口黃牙的中年醫生，滿臉不正經地用邪惡的眼色盯著阿絪說，他把「小姐」兩個字說得特別清晰響亮。

醫生的話像劈頭劈腦的一聲悶雷，打得阿絪臉色發青、暈眩欲倒。她付過了診金，蹌蹌踉踉地衝出了那間幽暗狹窄的賴婦產科醫院，茫無目的地在大街上走著；才走了兩步，一陣噁心，哇的一聲，胃囊裡就像翻江倒海似的，把吃進去不久的豆漿、油條全吐了出來，惹得過路人個個都投以詫異的眼光。

她又難過又尷尬，一面用手帕擦著因嘔吐而流出來的眼淚鼻涕，一面叫來一輛三輪車，叫車夫拉到董漢中的家去。

想到自己可怕的遭遇，她在車上忍不住又哭了起來。多日來的焦慮果然證實了，自己才不過十七歲，怎可以就做母親呢？假使小董不願意這麼早結婚（他說過要三十歲才結婚的），那我怎麼辦？在姊姊家住了這麼久，還找不到工作，將來又大著肚子，怎樣見人呢？啊！天公呀！救救我！

她在車上哭得眼睛都紅腫了，連忙從皮包中取出那副剛買來不久的太陽眼鏡戴了起來。到了董家，下女說董漢中還沒有起來，她也顧不得被人恥笑，就逕自走進他的房間裡。

董漢中還在睡夢裡哩！他上翹的嘴角掛著一絲微笑，看來十分迷人。他是不是在想我呢？阿綢心頭感到無限甜蜜，坐到他床邊去，伸手溫柔地撫弄著他的臉。

他被弄醒，微微睜開雙眼，一看見是她，立刻就擁進懷裡，吻著她的臉說：「為什麼這麼早就來了？是不是在想我？」

她伏在他胸前沒有回答。他托起她的臉，把她的太陽眼鏡拿走。「咦！你好像哭過了？是誰欺負你？」

「小董，你是不是真的愛我？」她望著他那雙漂亮的黑眼睛，鼓起勇氣問。

「我的小女人，你這句話一大要問多少次呀？」他放開了她，把雙手枕在後腦，嘴角露出了嘲弄的微笑。「你一大早跑來吵醒我，就為了問這句老話？」

她被說得臉紅紅的，好難為情，只好訥訥地分辯著：「現在已經不早，已經十點多，我都去看完醫生了。」

「你去看醫生？什麼地方不舒服呀？」他的聲調溫柔了一點。

到床尾。

「小董，我——我有了。」她依然把臉伏在他的胸前。

「什麼？你有了？誰叫你這樣不小心的？」他忽然從床上跳起來坐著，並且粗暴地把她推

「我怎麼懂嘛？」她用雙手掩著臉，開始啜泣。

「你真該死！幾個月了？」他暴躁地問。

「兩個月。」

「你明天就去把它打掉，省得給我惹麻煩。」他的聲音裡沒有半點感情。阿綢駭然地從指縫中望過去，他鐵青色著臉，雙眉豎起，兇惡得怕人；平日的英俊不知何處去了。

「不，我怕！」阿綢哭著說。

「怕個什麼鬼？別哭啦，哭得老子心裡煩死了！」董漢中皺著眉，從床頭小几上摸了一根香烟，點著了，深深吸了一口，然後叨在嘴角，瞇著眼又說：「你稀奇什麼？老子玩過的女人又不只你一個，假使個個都像你一樣，那麼老子豈不是煩死了？」他拿開嘴裡的香烟，打了一個哈欠，繼續說：「你先回去吧！我還要再睡。明天我設法跟我老頭要點錢，再陪你去找醫生。嗯！乖乖的聽話好嗎？」

「不，小董，讓我們結婚吧！」阿綢止了哭，抽噎著說。

「你說什麼鬼話？結婚？你再等我十年吧！現在別做夢啦！走！走！我要睡覺了。」董漢中厭煩地揮著手說，說完了，一頭又再鑽進被窩裡，理也不理阿綢。

阿綢坐在他的床角哭了一會兒，覺得沒有希望了，就戴上太陽眼鏡，悄悄走了出去。

她依然是茫無目的地在馬路上閒蕩著，島上暮春的太陽晒得她有點頭昏，但是，她不想回姊姊家裡去。在那間小小的房間裡，除了她帶去的一個小包袱外，其他都是屬於她姊姊和她姊夫的，在那裡她是一個多餘的礙手礙腳的人，回去做什麼呢？現在，她有點後悔不該貿然離開方家了，在方家，她起碼有一張屬於自己的小床，有什麼心腹話也可以和方苓、方芷商量，哪像現在這樣無依無靠的像一隻喪家之犬呢？固然，她的姊姊阿英和阿玉都很疼愛她；可是，她們是不會了解她的，她不能把她的祕密告訴她們，也不可能期望她們對她有所幫助。自己失足鑄成的大錯，只好由自己設法去解決了。

如今，她只能恨董漢中一個人，他怎會這樣翻臉無情的？想到這三個月來他對她的柔情蜜意、百般恩愛，她蒼白的臉上不禁泛起了兩道緋紅。她是深深愛著董漢中的，她甘心情願把自己的身體交給他，以為這樣就可以拴住他野馬似的心，想不到，董漢中竟是個標準的情場浪子，他玩夠了，就棄之如遺。

不知不覺的，阿綢又走到了她小時所佇的河邊。她爬上水門，坐在開關的大鐵環上，癡癡地望著在陽光照耀下的粼粼春水。汙濁的淡水河，依然像她小時那樣滾滾向北而流，水還是同樣的水；只是啊！人事已變動了多少？短短數年之間，爸爸媽媽和兩個弟弟相繼離開了人間；阿英出嫁了；林老師去了美國；大龍去當兵了；而我自己，更是遭遇到女孩子最悲慘的命運。老天爺！你為什麼要對我如此？

一陣暈眩，一陣噁心，阿綢又吐了。她早上所吃的豆漿、油條早已在那家醫院門口吐光，現在吐的簡直就是膽汁與胃液，那股難受勁，就像有人用手把她的胃扯出來一樣。吐完了，她全身虛弱無力、搖搖欲墜，若不是她用手扶著鐵環，恐怕就已掉到河裡去了。

生理上的難受，使得她的心理更為抑鬱。想到董漢中那樣的不負責任、無情無義，她就痛不欲生。她想：今後只有兩條路好走，一條是聽從董漢中的話，把它打掉；一條就是偷偷躲起來，把孩子生下來。但是，第二條是行不通的，她沒有工作，靠什麼生活下去呢？那麼，就只有第一條路可行了。以前，她聽過有人難產而死，她不知道「打」是怎樣的一回事，不過，那當然是很痛苦的，就是今天早上的檢查就夠痛苦而且羞死人了。不！我怕！我怕痛！我也不要謀殺那條無辜的小生命！她無聲地在心中吶喊著。

快近中午的太陽已有點炎熱了，一個上午，她奔走、徬徨，除了那已吐得一乾二淨的豆漿、油條，沒有吃過任何食物；此刻的阿綢，心力交瘁，已瀕臨精神崩潰的邊緣。望著腳下似乎在向她招手的滔滔江水，她想：五年前那個風雨之夜她為何沒有淹死呢？假使那個時候死了，不是就沒有今天的苦難嗎？肉體上的煎熬，加上心理上的負荷，阿綢忽然起了輕生之念。

在暮春的麗日下，在她十七歲的花樣年華裡，她所看到的世界只是一片漆黑、一團醜惡；她愛情的甜夢、做女學生的美夢，在這一剎那間全都隨風而逝，小董已不再愛她，這世界上還有什麼值得留戀的？她把心一橫，把牙一咬，把手一鬆，身子就跌落在五年前曾經吞沒過她的淡水河裡。

這時，剛好有兩個戰士從堤上走過，看見有人水落，就不顧一切的跳下去救。他們把阿綢抬起來，放在河畔的樹蔭下施行人工呼吸。還好，阿綢掉到河裡不過幾分鐘，吐了幾口水之後，也就悠悠醒轉。

「小姐你沒事了吧？要不要我們送你到醫院去？」其中一位戰士問。

望著身邊兩個全身濕透的軍人，阿綢就已知道是什麼一回事。她振作了一下，坐了起來，微笑著對他們說：「是你們兩位救我起來的吧？真是太感謝了！我剛才是不小心掉下去的，現在已經沒有事，不必到醫院去了，謝謝你們啊！」

她站起來，靠在樹幹上，正想拿錢來酬謝他們，卻想起剛才跳水時，皮包還留在水門上哩！她虛弱無力地說：「我的皮包留在水門上了，請你們替我去找找好嗎？」

一個戰士答應著去了，一會兒就提著她的皮包回來，還好沒有被人拿去。阿綢打開皮包，拿出一張五十元的鈔票，要酬謝那兩位好心的戰士，但是他們怎樣也不肯接受。阿綢因為自己全身濕透，而又暈眩得很厲害，沒有辦法再待在那裡，只好鄭重的再向他們道謝，並且請他們替她叫一部三輪車，回阿英的家裡去。

還好，阿英夫婦白天都不在家裡，沒有人看到她的狼狽相。阿綢燒了一大壺熱水，洗了個澡，換了一身乾淨的衣服，覺得很冷，就上床去睡。

這一睡，阿綢就睡了一個星期，因為她病了。病中，她發寒發熱，昏迷不醒，把阿英嚇得不知如何是好。請中醫來看，中醫說是感受了風寒，給她開了幾味藥，一個星期之後，阿綢終於復元。病好之後，阿綢發現原來嘔吐噁心這些症狀也都跟著消失，這才意識到，自己已在病中流產。

當阿綢生病的第二天，董漢中來了，他以前是從來不曾來過的。那天，剛好阿英請假在家照料妹妹的病。

董漢中敲著她的房間，嘴裡在叫著：「小林！小林！」

阿英打開門，問：「你找誰？」

「我找林雅愁。」董漢中一面說一面打量著阿英以及她身後的房間。

「我這裡沒有這個人。」阿英說著就要關門。

「怎會沒有？就是她嘛！我找的就是她。」董漢中指著躺在床上的阿綢，一面就閃進了房內。

「她是我妹妹，正在生病。你不要認錯人啊！」阿英慌張地退到床邊。

「我怎會認錯人嘛？她天天跟我在一起的。怎麼？你說她是你的妹妹？她不是說住在表姊家裡嗎？」董漢中站在床邊，把雙手抱在胸前，俯身察看阿綢。

「她當然是我的妹妹。你到底是誰？」阿英仰視著他，心裡非常害怕。

「我是她的男朋友。我想跟她說幾句話，你出去一下好嗎？」董漢中的態度很不禮貌。

阿英瞪了他一眼，心裡更加吃驚：阿綢還是小孩子嘛！怎會有了男朋友的？就算她已懂得戀愛，又怎會交上這個太保型的少年呢？於是，她也不示弱的說：「這是我的房間，你憑什麼要我出去？我是她的姊姊，你有話跟我說吧！」

董漢中狠狠的望著她，不再說話，就想去拉阿綢的被。阿英用力拉住他的手，大聲說：「阿綢在發著高燒哩！你想害死她嗎？」

董漢中聽了，伸手去摸阿綢的額，果然熱得燙人，這才嚇得收住了那股蠻勁。他伸了伸舌頭，駭然地問：「她生的是什麼病？」

「剛才醫生來看過了，說她受了風寒。」阿英說。

「嚴重嗎？」他問。

「不知道。她一直昏睡不醒，我真是擔心得很哩！」阿英搖搖頭。

董漢中望了望昏睡著的阿綢，欲言又止。最後，他對阿英說：「你真的是小林的姊姊嗎？」

「為什麼不是？誰騙你嘛？」阿英不高興地噘著嘴。

「那麼，等她醒來的時候，你告訴她小董來過了就是。」董漢中說完了，望望阿綢，又望望阿英，似乎在研究她們到底是不是真的姊妹，然後，擺擺手走了。

阿英因為對這個太保型青年的印象不佳，所以始終沒有把董漢中來過的事告訴阿綢。病中的阿綢，一想到董漢中居然如此薄倖，連答應過要帶她去看醫生的事也不實行，心中就更加痛恨他。

十三

經過了這一場大病，阿綢對人生忽然感到大澈大悟起來。她想：她之所以遭遇到這場災難，也許是上天對她的處罰，她原是一個沒有受過教育的窮家女孩子，竟然要去冒充女學生和小姐，又去高攀富家少爺，豈不是人不自量？這一場病，把她的難題解決了，已簡直是僥天之幸；否則的話，她的苦難不知要增加多少倍呢？

這場病，不但把她的雄心壯志都消磨淨盡，就是她那一點點積蓄也花得差不多。病好以後，馬上感到生活問題已開始威脅著她，她不能坐食山空，也不能長期住在姊姊家裡，讓姊夫睡地板呀！

當她剛從病床上爬起來時，第一件事，就是請她姊姊在附近給她找一個小房間，第二件事就是去找工作。

在她那間只有三張疊蓆大小，空無所有的房間裡，她每天一大清早就出去買兩份報紙回來，然後在那密密麻麻的人事小廣告上找尋適合她的工作。拖著病後虛弱的身體，她一連跑了四五天，去接洽過的工作不下十幾處，卻沒有一次成功，人家不是嫌她沒有經驗，就是嫌她學歷不夠（她還冒充初一肄業哩！）。

自從那次以後，董漢中就沒有來過；為了經濟問題，阿綢又無法再去補習班上課。他們兩個人之間的關係，如今完全是斷絕了。在情場上遭受到這樣重大的打擊，找工作又毫無著落，阿綢氣餒了，她感覺到身心兩方都無法支持下去。

阿英是疼愛妹妹的，她和丈夫商量，把他們僅有的一點積蓄拿出來借給阿綢，讓她跟著姊夫學做買賣，等她賺回本錢時再還給他們。

心灰意懶的阿綢無可無不可的答應了。廖俊雄替她去買了一批汗衫、襯褲、手帕和襪子回來，就開始每夜帶她到南京東路的夜市去擺賣。

阿綢是萬分不情願的開始了她的新生活。她的地攤就擺在廖俊雄的旁邊，有姊夫在旁指導和幫忙，生意似乎做得相當順利，每天都可以賺到二三十元的光景。

生意做穩了，阿綢的「雄心」又開始活躍起來。她想：我本來連店員都不屑為的，又豈能以攤販終老呢？不，等我把錢積夠，可以還給姊姊時，我就不要幹了。現在，我還是先做些為前途打基礎的事情吧！

白天裡，她是空閒的，她拿出方家姊妹送給她的初一課本以及在補習班讀過的英文讀本一本本拿出來溫習。當然，這些課本是枯燥的，她常常讀不下去，當她讀不下去時，就禁不住會想到董漢中；尤其是每當打開英文讀本時，董漢中那張英俊的臉就會出現在目前。

很多次，她想到要打電話或者寫信給他；但是，她都強自抑制住這般衝動。他給予她的創傷太深，她有她的自尊，絕對不能再厚顏去求他了。

她現在唯一的目標就是賺錢，賺夠了錢，還清了姊姊以後，她還想去讀點書哩！雖然，她現在已經忘記了小時立志要做老師的事；不過，她還是時時不忘求上進的。「終非池中物」，她不記得在那一本書上看過這句話；她覺得：這句話好像是為她而說，我不會永遠困在一池淺水中的，她經常在心中這樣激勵著自己。

晚上去擺攤的時候，她往往也會帶一本租來的小說在那裡看，因為她覺得呆呆地坐在攤子後面等顧客十分無聊。有一夜，天上飄著細雨，路上行人稀少，生意非常清淡。剛巧她今天租到了一本名叫《愛的懺悔》的長篇小說，故事情節跟她的身世有點相像，就忍不住迷頭迷腦的看下去。正看得起勁時，聽見有人在問：「小姐，這種襪子一雙多少錢？」

她抬起頭，定一定神，看見有三個男子站在她的攤子前面，其中一個手中拿著一雙襪子，笑嘻嘻又說：「你只顧看書，不怕人把東西偷走嗎？」

她感到很難為情，臉紅紅地把價錢告訴了那個人。那個人沒有還價，很大方地就把襪子買下來；但是，買完了並沒有走開的意思。另外一個人指著她放在攤子上的小說，笑著問：「小姐在看什麼書呀？是言情小說嗎？」

阿絹把臉一板，把書藏到身後，不客氣地回答：「我看什麼書用不著你管！」

「哎喲！小姐生氣了！其實，你生起氣來反而更漂亮哩！」那個人怪聲怪氣地叫了起來。阿絹氣得不得了，正想叫隔壁攤上的姊夫過來幫忙時，三個人中那個始終不曾開過口的瘦瘦小小的人就把那個人拉開了，他說：「老鄒，走吧！別發神經病啦！」說著，回頭深深望了望阿絹一眼，就把那兩個人都拉走。

在這裡擺攤子，被男顧客吃豆腐的事倒是常有的，因為有姊夫在側保護，所以阿絹並不害怕。她瞪著那三個人的背影，在心中暗暗罵聲「討厭」，就低頭繼續看她的小說。

第二天晚上，有個瘦瘦小小的男人來跟阿絹買手帕，阿絹覺得他有點面熟，一時可想不起在那裡見過面。付過錢後，那個人微笑著對她說：「小姐，你還認得我嗎？」

阿絹愣愣地看著他，搖了搖頭。

「我昨天晚上來過的。現在，我特地來為我那兩個同事的無禮行為向你道歉。」那個人文質彬彬地，依然微笑著說。

「哦！是他們要你來的？」阿絹恍然大悟地說。

「啊！不是，這是我自己的意思。」

「那何必呢？那是他們自己的事，跟你沒有關係。」

「你不生我的氣？」那個人驚喜地問。

「當然！你並沒有對我無禮嘛！」

「你太好了！謝謝你，小姐。」那個人興高采烈地向阿綢揮揮手就走了。

阿綢對自己笑了笑，小聲地說：「傻瓜！」

第三夜、第四夜、第五夜、第六夜、第七夜，那個人每晚都來光顧阿綢，每次都是只買一條手帕。他並沒有多講話，買完了，點頭微笑就走。

到了第八夜，他又出現，買的依然是手帕。阿綢忍不住笑著問：「先生，你為什麼要買這麼多的手帕？」

「因為只有手帕最便宜嘛！」那個人一本正經地說。

「不買不是更省錢嗎？」阿綢不明白地問。

「可是我希望能夠每晚看到你。」那個人壓低聲音溫柔地說。

阿綢吃驚地抬起頭，她的目光和那個人的相遇了。她現在注意到，那個「傻瓜」，有著一雙很清亮的眼睛，面貌斯文，皮膚白皙，是個標準的白面書生。年齡她看不出來，反正是個年輕人。

她愣愣地望著他，半晌說不出話來。他溫柔的目光注入她的心靈深處，她不覺戰慄了一下。他是在愛著我嗎？這有沒有可能呢？我們只談過了幾句話呀！

「小姐，你是個學生嗎？」那個人看見她不說話，又開口了。

「我不是的。」她搖搖頭。

「可是我看見你每天晚上都在看書。」

「無聊嘛！」阿絅說。「你是因為我每晚都在看書所以才每晚來跟我買手帕嗎？」

那個人想了一想說：「也可以這樣說吧！我覺得：你有一股清新的氣質，跟一般做買賣的女子不同。你說你不是學生，那末，你總念過書吧？否則你怎會看小說？」

「假如我說我沒有念過書呢？」阿絅覺得這個人很好玩，就故意逗他。

「那不太可能吧？」那個人搖搖頭說。

「真的，我不騙你，我沒有錢進學校。」阿絅開始覺得不應該欺騙一個老實人。

「那麼你是靠自修的？」那個人的眼睛裡立刻煥發出一種奇異的光芒。

「嗯！」

「你有什麼程度了？」

「大概有初一的程度吧！」阿絅根據方家姊妹給她的評語來回答。她自己也不明白，為什麼要對一個陌生人說出這麼多的話。

「你還想再念下去嗎？」那個人問。

「我說過我沒有錢進學校。」阿絅說。

這時，有兩個中年婦人來買汗衫，挑選了半天，又討價還價了半天，打斷了他們之間的談話，那個人卻始終耐心地等在一旁。

兩個中年婦人走了，那個人便又說：「我願意教你讀書，你肯做我的學生麼？」

「我又不認識你是誰。」阿綢掩著嘴暗笑說。

「這有什麼關係？我告訴你我是誰就行了嘛！」那個人說著，從口袋裡掏出一張名片交給阿綢。「這就是我的名字。」

阿綢接過來一看。名片中央印著趙大國三個字，旁邊的兩行小字是「新潮雜誌社總編輯」和「浙江餘姚」。

「哦！是趙先生。」阿綢向他點頭招呼。她想：人家還是個編輯先生哩！那一定是個有學問的人了。我正愁無法進修，如今有人自動願意教我，我還能拒絕嗎？何況他的樣子又不像個壞人？

「怎麼？我還有資格做你的老師吧？」那個人又笑著問。

「當然！只是，我怎好意思麻煩你？」阿綢躊躇著。

「小姐貴姓？」那個人忽然這樣問。

「我姓林。」

「府上那裡？」

「臺──，福建。」阿綢結結巴巴地回答。她自從進了英文補習班以後，到外面就常常冒充外省人；但是，她知道自己的口音瞞不過人，聽說閩南話跟臺灣話是一樣的，所以，每逢有人問她，就以福建人自居。

「那就好了！」名叫趙天國的人指著她大聲說。「現在，你知道我是誰，我也知道了你是誰，我們是朋友了，你還要說什麼麻煩不麻煩的話嗎？我就住在這裡。」他拿過阿綢手中的名片，在背後寫了幾個字。「你明天上午有空嗎？我在家裡等你，我們就可以開始了。」

「你不要上辦公嗎？」阿綢問。

「我不要辦公的，我們的雜誌半個月才出一期。」趙天國說。

「好的，那麼我明天早上就來吧！先謝謝你啊！趙先生。」阿綢淺笑著說。

「好，一言為定。」趙天國向她揮揮手走了。

趙天國才走開，鄰攤的廖俊雄就走過來問阿綢：「那個人是做什麼的？跟你講話講這麼久？」

「他說要教我讀書。」

「他跟你又不認識，為什麼要教你讀書呢？那些外省人，你要小心啊！」廖俊雄說。

「你放心吧！我又不是小孩子，人家也不是老虎！」阿綢很不以為然的說。她想：我早已歷盡滄桑，很懂得照應自己了，還用得著你們操心嗎？

第二天上午，阿綢換了一套整潔的衣裙，又打扮成以前上補習班讀英文時那副女學生模樣，按址去找趙天國。

那是一條偏僻的街道上的一幢小木樓，門口掛著個小小的木招牌，寫著「新潮雜誌社」五個字。走上那座黑洞洞的木樓梯，阿綢輕輕叩了兩下門，就聽見趙天國在裡面應著說：「請進！」

她推開門，看見裡面是一間簡陋的辦公廳，一字形擺著三張辦公桌，趙天國就坐在靠窗的位置上。

「啊！林小姐，你來了。」趙天國看見她就站了起來。

「趙先生早！」阿綢很有禮貌的說。

趙天國一面招呼阿綢坐下，一面手忙腳亂的去為她倒茶。

阿綢打量著這間屋子，板壁都已發黑，相當陳舊了。除了這間辦公廳外，就只有一間房間，大概是他的臥室吧？辦公廳裡除了三張書桌外，就只有一個竹書架和一大堆堆在牆角的雜誌；屋子雖小，看起來依然是空空洞洞的。

當趙天國用一隻沾著黃褐色茶漬的玻璃杯倒茶給她時，阿綢就問：「趙先生就住在這裡？」

「是的，我和兩個同事住在這裡，不過他們現在都出去了。」趙天國似乎並沒有因為屋子簡陋而不安。

「辦公也在這裡？」

「是呀！這樣比較方便一點嘛！」趙天國說著，一雙清湛的眼睛便牢牢盯著阿綢。

阿綢避過他的目光，偏著頭說：「趙先生，你要教我讀書，每天上多少時間的課？每個月學費多少？請你說明一下好嗎？」

「笑話！笑話！」趙天國伸出雙手亂搖一陣。「我們是朋友嘛！談什麼學費？至於時間也不要固定好了，我有空，多教一些，沒空，就少教一些，這不就行嗎？」

「不算學費，那太不好意思了吧？」阿綢沉吟著。

「有什麼關係嘛？我們是朋友，是不是？」趙天國走到自己的辦公桌邊，和阿綢隔著桌子對面坐下。「我們現在就開始好嗎？」

「好的，那我就先謝謝你了，趙先生。」阿綢在心裡打定主意以後再送他東西，也就不再扭捏了。

她拿出帶來的課本，趙天國翻了翻說：「林小姐，假使你不準備再進學校，我看你只讀國文和英文兩科就夠了，其他數學什麼的你學了也沒有什麼用。是不是？」

他的話正合阿綢的心意。方家姊妹曾教過她小學的算術，她並不感到興趣，而其他史、地、公民和植物等，她根本還沒有沾到邊兒；所謂有「初一的程度」那只是指她的國文而言。事實上，她所喜歡的也只是國文和英文而已。

「好的，趙先生，那麼就請你教我國文和英文吧！」阿綢說。

趙天國首先攤開國文課本，把第一課讀了兩行，忽然發覺兩個人這樣共讀一本書很不方便，就對阿綢說：「林小姐，我們這樣坐法，兩個人都不舒服，不如你也坐到這邊來吧！」

「趙先生，我是你的學生呀！你怎麼還要叫我小姐呢？」阿綢一面站起來把椅子搬到對面去，一面這樣說。

「可是我還不知道你的芳名呀！」趙天國把他的椅子挪開一點，讓阿綢坐在他的旁邊。

阿綢指了指她的課本封面上所寫的「林雅愁」三個字，帶點羞澀地說：「這就是我的名字。」

「林雅愁，好，好，這個名字好極了，又雅又富詩意，正配合你的外形。雅愁，現在開始吧！」趙天國說著，轉過頭來深深望了阿綢一眼，然後開始授課。

他只講了半課國文就停下來，喝了幾口茶以後，開始教英文，又是只講了一頁就停下來。他的講解一點也比不上林老師和方家姊妹，而且他的國語和英語的發音都帶著地方音，常常使阿綢聽不明白，但是阿綢都不為意。人家是個編輯先生，是個有學問的人，而且他教我又是免費的，我還能挑剔嗎？

還不到中午，趙天國就把書本闔起來了。他看了看錶說：「雅愁，時間差不多了，我請你吃飯去。」

「不，趙先生，這怎麼行？你教我讀書，還要請我吃飯，這使我太不好意思了。」阿綢一面收拾著課本，一面推辭著。

「沒有關係！沒有關係！反正我也要出去吃嘛！」趙天國說著就站了起來。

他領著阿綢下樓去，走到街角一間小小的飯館裡，說：「我們就在這裡隨便吃點東西吧！這是我經常光顧的地方。」

望著那間汙穢黑暗的小飯館，阿綢不禁倒抽了一口涼氣：第一次請女朋友吃飯，居然跑到這種地方來，這個人是多麼小器一呀！她雖然是趙天國名義上的學生，不過，她知道趙天國對她是有意思的；否則的話，他怎麼會自動義務的教她讀書？所以，在內心裡，她也就不客氣的以他的女朋友自居。

飯館的老闆是認識趙天國的，看見他進來，就陪著笑問：「趙先生，今天吃點兒什麼呀？」

「來兩碗肉絲麵吧！」並沒有徵求阿綢的同意，趙天國就這樣吩咐著。

「趙先生您帶著小姐，來兩客客飯不好嗎？」老闆想拉點生意。

「不，不，我們還不太餓，不想吃飯。」趙天國泰然自若地回答，一邊就坐了下來。

對趙天國的吝嗇，阿綢不禁大為吃驚而且替他臉紅；但是，當她想到他只是她的義務老師並沒有請她吃飯的義務時，心中又覺釋然。

一面呼嚕呼嚕地吃著麵，趙天國一面問阿綢：「你說你現在一個人住，那麼，你的三餐問題怎樣解決呢？」

「那還不簡單？自己做嘛！」阿絹隨口回答。

「那好極了！」趙天國放下筷子，用力拍著自己的大腿。「再也沒有比這個主意更好的事了！雅愁，你既然要自己燒飯吃，為什麼不跟我們合起伙來呢？我和我的兩個同事，三餐都要到外面去吃，既花錢又吃得不好。假使你來替我們燒飯，四個人一起吃，我們三個人出錢，你出力，這豈不是很合理的事嗎？你說好不好？」說著，他目不轉睛地望著阿絹，好像非要她答應不可。

望著趙天國那張瘦削而清秀的臉，只不過考慮了幾秒鐘，阿絹就點頭答應。他義務教我讀書，我正在發愁如何圖報呢？現在，他要求我替他們燒飯，不是一個最好的機會嗎？反正我白天也是閒著，何況又可以省回自己的伙食費。

從第二天起，阿絹就加入趙天國和他那兩個同事的「伙食團」了。那兩個同事，一個叫陳新，一個叫鄒正民，就是那個晚上跟她胡鬧的傢伙；不過，因為阿絹已經成為趙天國的女友了，他們對她也變得相當客氣。

在那個簡陋的小廚房中，趙天國他們買回來簡單的炊具，阿絹就開始為他們主起「中饋」來。這樣一來，她上午就沒有時間讀書了。第一頓飯，大家都吃得很開心，因為阿絹從方太太那裡學來一手烹飪工夫，做的菜都是外省口味，很合那三個光棍的胃口。

「雅愁，你那裡學來這手好本領的？」趙天國一面大口地吃著那盤微辣的青椒炒肉丁，一面笑吟吟地問。

「我——我，我也不知道，隨便燒的就是。」阿綢低著頭，訥訥地回答。以前，她去補習班讀英文的時候，曾經把自己吹得天花亂墜，並沒有人識破。現在呢，她的勇氣似乎逐漸消滅。對於這些還不太熟悉的人，還是保留一點算了，何必把一切都告訴他們呢？

「林小姐的確了不起！我一看你便知道你很聰明。」陳新的嘴裡塞滿了食物，也不甘後人的搶著說。

「林小姐，吃了你這頓飯，我真是覺得我們相見恨晚哩！」鄒正民嘻皮笑臉的接了上來。

「為什麼呢？」阿綢瞪大眼睛，楞楞地問。

另外兩個男人也不明白地望著他。

「要是我們早點認識，我們三個人也不必花那麼多的冤枉錢到外面去吃不好吃的東西了。是不是？」鄒正民說著自己就先大笑起來。

然後，其他三個人也笑了。有人稱讚她的烹飪術，阿綢覺得很開心，很得意。小時候，她替她母親燒飯，無論多用心去做，總是捱打捱罵的成份居多。在方家，起初方太太也嫌她不會燒菜，後來學會了，方太太也只認為她勉強及格而已。被人如此捧場，在她還是第一次。她在心中暗暗發誓，以後一定要把菜愈燒愈好，即使稍稍貼一點菜錢也無所謂。

飯後，阿綢去收拾，三個男人便都東歪西倒的各自躺在床上午睡。他們一睡便睡到三點多，阿綢一個人坐在辦公桌後看報看書，感到十分無聊。

趙天國第一個起來，他趿著拖鞋、睡眼惺忪地從房間裡走出來，對阿綢說：「雅愁，對不起啊！」

「啊！沒有關係！」阿綢想了一想又說：「趙先生，以後這樣吧！你指定一些習題給我，我可以利用這個時候來做。」

「好！好！這個主意好極了。」趙天國答應著，一面跑到後面洗臉去。

一會兒，他哈欠連連地走出來坐在她旁邊，另外那兩個人也相繼出去了。

「我們開始吧！」趙天國打著哈欠說。

「趙先生，你是不是很睏？假使你還想睡，我們今天就不要上了吧？」阿綢乖巧而體貼的說。

「沒有關係！沒有關係！我不睏！我不睏！」趙天國說著就打開了英文課本。

他無精打采地教了半課，便停下來，說：「雅愁，我今天精神不好，還是暫停吧！」他指定了一個習題，叫阿綢明天做，然後又說：「你陪我出去走走好不好？我們散步回來，你又得燒晚飯了。」

於是，他這個身兼學生與下女的女友又得乖乖地陪他去散步。阿綢覺得：趙天國這個人非常實際，他說要去散步，就完全是為散步而去。一路上，他既不跟她說話，也不瀏覽櫥窗，只是盲目地走著，事實上，有沒有她作陪，根本一點關係也沒有。

晚飯後，阿綢回家去跟她的姊夫出去擺攤子，今天，他在新潮雜誌社所消耗的時間是這樣的：燒飯和收拾共三小時半，呆坐二小時，上課半小時，散步一小時，吃飯和談話一小時。

幾天以後，在吃晚飯的時候，趙天國對阿綢說：「雅愁，從明天起我們要忙出雜誌的事，你照常來這裡吃飯，可是我沒有空給你上課了。」

「那有什麼關係呢？等你忙完了再教我好了。」阿綢說。事實上，這幾天趙天國並沒有教她什麼，而她對這個義務老師也沒有存多大的希望。她只知道他是個「有學問的人」，跟一個「有學問的人」做朋友總是好的。

在他們忙的那幾天，阿綢雖然被冷落了，但是她卻很有興趣的觀察著他們的工作，因為她對一切都感到好奇，而又希望懂得世界上每一件事。

起初，她看見他們三個人在忙著寫，在大疊大疊的有方格子的紙上運筆如飛，桌上堆滿了報紙、雜誌和書籍。然後，趙天國又拿起紅筆在那些寫滿了字的紙上勾勾畫畫，再由鄒正民把這些紙送到印刷廠去。

他們三個人真有學問啊！寫得這麼快！寫得這麼多！阿綢在心裡對他們又羨慕又欽佩。

當印刷廠把印好的校樣送回來以後，三個人又忙著校對。阿綢偶然走近去看，看見他們只不過是對照著原稿，把印錯了字劃出來。她想：這工作並不難，我也可以做呀！

「讓我也參加你們的工作好嗎？」她站在趙天國身邊，怯怯地問。

趙天國回過頭來，迷惑地望著她，過了幾秒鐘，才恍然大悟地拍著大腿大聲說：

「對！對！我們可以讓她幫忙校對嘛！我們為什麼笨得不會想到這一點呢？」

他分出了一份校樣給阿綢，教懂了她每一種校對符號，就叫她在飯桌上面試校。

新學會了這份工作，阿綢感到非常興奮。她非常用心、非常仔細地校對著，速度雖然慢，可是卻很少出錯。

校對的工作完了以後，雜誌印出來，他們又忙著打包寄出和送到書報攤去。這些事阿綢幫不了忙，他們就派給她寫訂戶地址的工作。他們的訂戶並不多，只不過幾十份。阿綢仍然很用心地寫著，一個字也不許自己寫錯。發行的工作做完，他們就忙完了。第二天，趙天國多拿五十元給阿綢加菜，說是給大家慰勞。阿綢買了一隻雞回來，做出了一鷄三味，吃得大家直舐嘴唇，讚不絕口。

經過這些日子的相處，阿綢和他們已經很熟了。趁著他們稱讚她，她嘛起了嘴唇撒著嬌說：「你們不要老是誇讚我的烹飪技術嘛！除了燒飯，我還會做別的事情哩！」

「當然！你還會校對和寫訂戶的地址。」趙天國用嘉許的眼光看她，像在哄小孩子。

「那麼，趙先生，讓我做你們的職員好不好？我不喜歡做攤販，我不想再去擺地攤了。」阿綢側著頭，撒嬌地說。

三個人都吃驚地望著她。

「雅愁，」趙天國嚥了一口口水，慢慢地說：「我們很歡迎你來做我們的同事，但是，我們還有老闆，我是不能做主的。而且，我們這個雜誌社很窮，恐怕沒有辦法多用一個人；不過，我會盡力向老闆說的。」

「謝謝你，謝謝你，趙先生。」阿綢高興萬分的跳躍著回家去。一路上，她都在幻想著自己將來做了女職員的樣子：我要買一個像樣一點的皮包，買一雙高跟鞋，買一件短外套，一件大衣……啊！不要太貪心，趙先生說他那個雜誌社很窮，薪水是絕不會多的，怎可以一下子買這麼許多的東西呢？不要想得太遠吧！能夠當女職員便要謝天謝地了，衣著慢慢添置也不遲呀！

那個晚上，她在擺攤時打開趙天國送她的那期雜誌來看。前面的，大部分談的是時事和政治，她不愛看，也看不懂。後面的幾篇，卻是大大的吸引了她，什麼「女明星的戀愛史」、「舞女的祕密」、「吧娘與洋水兵之戀」、「徐娘與少年的畸戀」等等，她都似懂非懂的看得入迷。裡面，有許多很露骨的描寫，使她看得臉都紅了；只是，她並不懂得這就是黃色文章，還以為趙天國他們是個不起的作家哩！

第二天早上，阿綢如常的到新潮雜誌社去，她知道一夜之間趙天國不可能就已經代她說過情，所以，她並不打算再提出，準備過幾天再開口。一個人總得有點風度才行，這是她以前從方家姊妹那裡學來的處世藝術。

小樓上靜悄悄的，陳、鄒兩人都不在，只有趙天國一個人歪在一張藤椅中，似乎在想心事的模樣。

阿綢跟他招呼過了，就到廚房中去提了菜籃，準備出去買菜，這是她每天的例行公事。

「雅愁，今天不要去買菜了，我請你出去上館子，還要去看電影，我們今天要樂一樂。」趙天國叫住了她。

「為什麼呢？今天是你的生日嗎？」阿綢驚喜地問。

「不要問為什麼，你跟著我去就是。」趙天國站了起來。「你等我一下，我去換件衣服。」

一會兒，趙天國穿了一套嶄新的西服出來，頭髮也梳得光溜溜的。阿綢覺得：他今天似乎相當英俊了，就可惜矮了一點。

「我們走吧！」趙天國說，在他的表情中，有著自負和得意的成份。

十四

當他們到了電影街的時候，已經將近中午。趙天國以識途老馬的姿勢，帶阿綢到中華路一條巷子內的一間小小餃子店裡。正如他第一次帶阿綢出去吃飯的情形一樣，根本就沒有問她一句，就逕自吩咐茶房，要五十個水餃和一碗酸辣湯。

等餃子是相當費時的。趙天國看見鄰桌上有一份報紙，順手拿了過來，一下子就整個人沉迷在裡面，忘了身邊還有個阿綢。

阿綢呆呆地座著，無聊地看著街上的行人。她忽然想起：以前，董漢中帶她出去，並不是這個樣子的。他總是先問她吃什麼，而且總是情話綿綿不絕，兩隻眼睛也一直溫柔地注視著她。那像趙天國這樣冷淡，這樣旁若無人呢？好久以來，阿綢都沒有想到過董漢中了，如今忽然想起，一股哀怨思念之情，馬上就盪漾在她的胸臆間。

趙天國忙著看報，根本就沒有注意到阿綢表情上的變化。餃子送上來了，他隨便招呼了一下，就自顧自的狼吞虎嚥起來。

吃完了餃子，趙天國擦擦嘴，說聲：「我們走吧！」就站起身來往外走，阿綢默默地跟著他，他把她帶到新世界戲院，說：「我們看這一家。」

戲院前面的大廣告，是一部過了時的國語片。阿綢不覺倒抽了一口涼氣。她知道：同是電影院，同是電影，也有等級之分的。很久以前，那個滿臉青春疱的雜貨店店員柯錦波，專門請她到那些三四輪電影院去看臺語片，觀眾們很多都是穿著木屐進場，然後把一雙臭腳擱到前面的椅背去。方家姊妹偶然也帶過她去看電影，她們雖然也光顧二輪戲院，可是她們看的是文藝性的西片，而觀眾也大多數是學生，戲院中秩序也好得多。

還是董漢中夠派頭，夠濶氣，她這樣想。董漢中請她看電影，總是看首輪戲院，而且坐的又是樓上特別座。每一次，當她掛在董漢中的臂彎上走上戲院樓梯時，她就覺得好像每個人都在著著她，而她自己也感到十分神氣。

趙天國是個有學問的人，怎會看這種蹩腳戲院和陳舊的片子呢？我真不明白！我真不明白！戲院裡觀眾疏疏落落的，只有小貓三四隻。趙天國買的是最便宜的樓下普通票，卻把阿綢帶到樓上去，選了兩個最舒適的位置坐下。

才坐下來不到一分鐘，看看附近並沒有人注意他們，趙天國忽然把阿綢的一隻手捉住，就把嘴巴附在她耳邊說：「雅愁，你嫁給我吧！」

那裡會有人這樣直接了當的方法來求婚的？一霎時，阿綢目瞪口呆，簡直有點不相信自己的耳朵。她在許多小說和電影中看過，求婚的鏡頭都是很羅曼蒂克的，即使男主角沒有半跪在女主角的裙下，起碼也是在花前月下談情說愛時提出，那樣才夠情調，才夠詩意嘛！有誰會在電影院中這樣劈頭劈腦提出來的？而且事前又從來沒有表示過半分愛意？

「怎麼？你不願意？」看見阿綢不回答，趙大國又問，並且把她的手握緊了一點。

「我——我不知道。」阿綢慌張地說。

「雅愁，讓我告訴你吧！除了我的年紀稍微大一點以外，你嫁給我是最合適不過的。其實，我今年不過三十六，還是年輕得很哩！」趙天國的呼吸噴到阿綢臉上，熱呼呼的，癢癢的。「你不是說想到我們社裡工作嗎？假若你嫁給我，就是現成的總編輯夫人，那豈不比當小職員好得多？再說，你做了我的太太，我就可長期教你讀書了。你說好不好？雅愁，你答應我吧！我很喜歡你，我第一眼看到你的時候就開始喜歡你了。」說著，趙天國把自己的臉湊到阿綢的臉前面，目不轉睛地望著她。

「可是，我只是個連小學都沒畢業的窮家女孩子。」阿綢偏過臉，低著頭，說出了一句真心話。

「那有什麼關係呢？我不嫌就是。怎麼樣？答應了吧？」趙天國又把臉湊過去。

「我——我要跟我的姊姊商量一下。」阿綢終於想了出一條緩兵之計。

這時，電燈一黑，銀幕上開始放映國歌鏡頭。

趙天國站起來說：「也好，你下午就找你姊姊，明天來答覆我。」

說完了這句話，趙天國就專心一意的在欣賞電影，不再理會阿綢。阿綢卻是思潮起伏，激動得什麼也看不進去。

散場以後，趙天國對阿綢說：「你現在就去找你的姊姊吧！今天不用再到社裡來了。明天給我答覆啊！」說著，深深看了她一眼，就自顧自的走了。

西門這一帶，原來是阿綢童年舊遊之地，現在，她孤獨地站在人潮洶湧的電影街，腳步不由自主的又走向淡水河邊。她走過林內科醫院，走過那所她曾經在那裡上過幾天課的國民學校，然後又走上那座稔熟的水門。

低頭見到堤下那道浪滾而來的黃濁河水，她不覺惕然而驚：我的生命已經有兩次幾乎被這條河流攫走，多可怕啊！在我短短十七年生命中，遭遇過多少苦難與辛酸！我雖然沒有被河水攫走，在茫茫人海中，也是疲於浮沉了。我太疲倦，我不想再掙扎，我想上岸休息，即使是漂來的一片浮木也好。剛才，趙天國不是向我伸出了援手麼？管他是岸或者只是一片浮木，暫時休息一下也不錯，答應他吧！我已經太疲倦了呀！

在初秋的仍然把人晒得發昏的陽光下，阿綢就這樣決定了自己的終身大事。她走下水門，搭上公共汽車，到馮家去找阿英。阿英正在熨衣服，馮太太不在家，見了面，阿綢就一五一十的把趙天國向她求婚的事告訴了姊姊。

阿英聽了一驚，差一點把一件白襯衫熨焦了。

「阿綢，你這樣小，真的就打算結婚了嗎？」她說。

「我不小了，媽不也是十七歲就嫁給爸爸？」

「可是，姓趙的已經三十六歲，又是外省人，你怎知道他在大陸有沒有太太呢？」做姊姊的表示反對。

「不會的。我聽他們三個平日談話，都不像結過婚的樣子。」阿綢卻極力為趙天國辯護。

「阿綢，這些事我也大不懂，等你姊夫今天晚上回來，我們再商量好嗎？還有阿玉，你去叫她今天晚上也來一趟吧！」阿英說。

「好吧！」阿綢噘著嘴不高興的說。其實，她在心裡已打定了主意：無論你們怎樣反對，我就是不管。

那個夜裡，在阿英的小房間裡，一個小小的家庭會議在舉行著。廖俊雄是見過趙天國的，因此他的發言最多：「三十六歲配你實在太老了。我才不過二十九，妳大姊就常常嫌我老，難道你真的情願嫁給老頭子？」

「可是人家看起來比你年輕得多。他又白淨又秀氣，哪像你又粗又黑？你像個老頭子，人家可不像！」阿綢不客氣地搶白她的姊夫。

「你嫁給外省人，將來把你帶到很遠的地方，我們可管不了啊！」廖俊雄又說。

「誰要你管？去得愈遠愈好，最好到美國去。我恨死這個小地方了。」阿綢又噘起了嘴唇。在潛意識中，她最羨慕遠在美國的林淑惠；可惜，她自從跟董漢中熱戀，離開了方家之後，就沒有再跟這個啟蒙老師通信。

「我看，阿綢喜歡這個外省人，就讓她跟她結婚算了。大家都是中國人，本省外省有什麼關係呢？」二姊阿玉有點靦覥地在旁邊搭了腔。原來她在主人家認識了一個當公務員的外省人，也到了論婚嫁的程度，所以，她很同情阿綢。

「阿玉，我知道你一定會幫著阿綢的。」阿英笑罵著。「本來，我只是你們的姊姊，也管不了你們；不過，這是你們的終身大事，希望你們要多多考慮考慮才好。」

「阿姊，你不要忘記了，你只比我大兩歲，你結婚的時候還不是自己作主的？」阿玉說。

「我們俊雄是個好人。」阿英指著丈夫對阿玉說。「你嘛！我倒沒有什麼不放心，就是阿綢太使人擔心，她太小了。」

「我不小了，我懂得的比你們多。」阿綢不開心地說。

「好了，阿綢，就算我們答應了你跟那個外省人結婚，他肯出多少聘金呢？」廖俊雄忽然拍著大腿大聲說。

「什麼？聘金？我們沒有談過這個問題。阿綢一點也不感到興趣。」

「沒有聘金怎麼行？他不能這麼便宜的白白討到一個老婆呀！我也拿出過一萬元來娶你的大姊的。」廖俊雄還是大聲嚷著。

十五

是的，趙天國白白的討到了一個便宜老婆，連一分錢的聘金也沒有花。三十六歲的他和十七歲的阿綢，就在他向她提出求婚的一個星期後公證結婚了。他們的婚禮很簡單，到法院公證以後，男女雙方的賓客一共八個人，連同新郎新娘，到一家館子裡吃了一席喜酒，大禮就算完成。男方的主婚人是他的一個同鄉長輩，賓客只有陳新、鄒正民和那家印刷廠的老闆。女方的主婚人是阿英，賓客是廖俊雄和阿下，還有阿英的房東太太。

他們的新房就是原來趙天國和陳新、鄒正民兩人合住的房間，趙天國為了要結婚，已請他們兩人搬出去。他把天花板和牆壁粉刷一下，買了一張雙人床，就算把新房布置好。

那夜，一行十人從館子裡出來，又到新房裡坐了一會兒才離去。新夫婦送走了客人，雙雙回到樓上，這座簡陋的小樓剛才還是笑語喧嘩，一片熱鬧，如今卻變得死寂無聲。阿綢忽然心慌起來，從現在起，我就要跟這個男人開始共同生活了；但是，我對他究竟知道了多少啊？

她默默地坐在床上卸下假寶石的耳環，脫下腳上那雙廉價的高跟鞋，偶一抬頭，卻發現趙天國正臉色凝重地望著她哩！

「雅愁，想一想，你對我說過什麼謊話沒有？」趙天國把背靠在門上，一手托肘，一手摸著自己光溜溜的下巴，一臉嚴肅。

阿綢一聽，立刻嚇得臉色發白。他為什麼這樣問，難道他知道了我跟董漢中的事情不成？不可能的呀！即使阿英也還不知道哪！他怎會打聽出來的？她訥訥地回答：「沒有呀！」

「還說沒有？你看看你的身分證！」他把她的身分證丟給她。

她看了一看，覺得並沒有什麼不對，便勇敢地抬頭望著他。

趙天國看見她一副天真無邪的表情，也覺得很奇怪，就走過來傍著她坐下來，說：「你到底是誰？是林雅愁，還是林阿綢？是福建人，還是臺灣人？你為什麼要騙我？剛才在法院裡，我不好意思講出來。到底是怎麼一回事，你說呀！」

原來是這件事！阿綢鬆了一口氣，微笑了。她不知道填結婚證書是要根據身分證的；否則，早一點告訴趙天國，不就省了這場誤會嗎？於是，她嬌媚地歪著頭說：「我說什麼事情這樣大驚小怪呢？原來是為了我的名字的事。告訴你吧！阿綢是我的乳名，雅愁是我的學名；我的祖先是福建，後來落籍臺灣的。這些都是事實，怎能算是撒謊？」

聽她這樣解釋，趙天國也鬆了一口氣。「你說你沒有進過學校，怎會有學名呢？」他問。

「是我自己取的嘛！我覺得阿綢這個名字太俗了。」「你取的名字真不錯！我以後也還是叫你雅愁吧！」他抱住了她。「不過，以後你什什麼都不許騙我啊！我年紀比你大得多，又是你的丈夫，你要聽我的話。」

其實，趙天國對阿綢又知道些什麼呢？從她的口中，他只知道她的父母早已亡故，由祖母撫養長大，現在，祖母也去世了，剩下姊妹三人，兩個姊姊給人家當下女，她做小買賣為生，如此而已。

不論他們兩個人相知多少，總之，他們已結成夫婦了。阿綢不再到圓環夜市去擺地攤，因為她以為已抓到張長期飯票。趙天國用最低廉的代價娶了一個年輕得可以做他女兒的太太，也等於僱用了個免費的下女和職員。

他們婚後，新潮雜誌社顯然有生氣得多了。不但伙食改善，環境變得清潔，而且又有一個美麗的年輕女性給他們點綴，幫他們工作。三個男人，似乎都變得精神煥發起來。對阿綢而言，這種日子一久，卻無異是給自己套上了一個枷，她的生活是刻板的，每天燒三頓飯（那兩個光棍依然跟他們一起吃飯），打掃收拾，幫忙出版的雜務；與其說是一個主婦，不如說像個下女。趙天國現在對教她讀書一點也不起勁了。她要他教，不是說沒空，就是懶洋洋的敷衍了事，使得阿綢什麼都學不到。阿綢心裡很生氣，她說：「你假如不想教我，那我到外面補習去吧！」

「啊！那怎麼行？那筆補習費我可出不起，乖乖的在家裡做太太算了，讀什麼書嘛？」趙天國一口就拒絕了她。

沒有錢用也是阿綢婚後的苦惱之一。她做了幾個月生意賺來的錢，加上貨物，剛好夠還阿英夫婦借給她做買賣的本錢，她幾乎是空手嫁過來的。趙天國除了像以前那樣每天給她菜錢外，從來沒有給過她一塊錢零用過，即使買一條手帕，她也得伸手向他要。

趙天國又是一個好像不需要娛樂的人，除了工作以外，他最大的興趣就是看武俠小說。他一天到晚都在看，只要一卷在手，就六親不認，跟他說話也聽不見。有時，阿綢實在在家裡呆得太無聊了，要求他出去看一場電影，他不說沒有空，就是說片子不好；要求得多了，他就不耐煩地說：「看什麼電影嘛？那要花錢的啊！拿那錢來加菜豈不更好？」

阿綢想：要是自己手邊有錢就好了，自己有錢，我就可以自己出去玩，不必受他的控制。早知道這樣，我為什麼要把攤位出頂呢？繼續做生意豈不更好？原來，換取一張長期飯票，要花這樣大的代價的。

婚後才不過一個月，阿綢就開始後悔。她向趙天國提出：要繼續去擺地攤。趙天國一聽，連忙就板著臉說：「這是什麼話？我堂堂一個文化人的老婆去拋頭露面擺地攤，你嫌我窮，怕我養不活你是不是？」

一來由於趙天國的年齡比她大了許多，二來她認為他「有學問」；所以，在阿綢的潛意識中，對趙天國是多少有點畏懼的。經他這麼一板臉，她就不敢再說什麼，只是帶點不服氣的表情嘟囔著：「不擺就不擺，何必說這些話嘛？」

趙天國不但不需要娛樂，而且很少上街去，他不出去，阿綢也只好陪他呆在家裡；事實上，除了她兩個姊姊那裡，她可去的地方也不多。

阿綢婚後的日子，就像一池死水，毫無生氣。

不久，她發覺自己有孕了，這，使得她的情緒變得非常激動。起初，她有點欣喜：有了孩子，趙天國應該對她好一點吧？然後，就像一道電光閃過似的，她馬上又聯想到董漢中——那個使她受盡苦頭的情場浪子。我曾經有過他的骨肉，我曾經深切地愛過他；現在，我又有了別人的孩子了，他還會記得我嗎？半什來，阿綢以為自己已把他忘記，想不到，董漢中的影子早已根深蒂固地種植在她的心園中，表面看來枝葉雖然都已枯萎；但是，她對他的思念之情尤如一場滋潤的春雨，新的嫩芽又漸漸抽了出來。

我忘不了他的！我忘不了他的！我願意為他而死。當時，我為什麼要做得那麼決絕呢？病好以後，假使我去找他，說不定我們又會重修舊好，那麼，我也不會嫁給趙天國了。

趙天國歪坐在一張籐椅上看武俠小說，看了已經將近有一個鐘頭。阿綢伏在窗臺上，看著初冬的晴朗而蔚藍色的天空，在想心事。天空雖然如此晴朗，在我的心中卻是個狂風暴雨的壞天氣啊！她痛苦地在想：我為什麼要這麼早就要結婚呢？一本書上說過：女人一結了婚，她的一生就完了！啊！不！我才十七歲，我不要就這樣無聊地度完我的一生！

她嫌惡地瞥了她那沉湎在武俠小說裡面的新婚丈夫一眼，心中忽然有了一個主意：我先不要把有了孕的消息告訴他，這個自私自利的傢伙，我還不知道要跟他共同生活多久哩！想著，她按捺著心中激動的情緒，用一種很平靜的聲調對她的丈夫說：「天國，今天天氣這麼好，我想到阿玉那邊去。她快要結婚了，我想去看看她。」

趙天國從書上抬起頭，望了他妻子一眼，又看看錶，然後心不在焉地說：「好吧，可不要太晚回來燒飯啊？」

阿綢在心裡哼了一聲：你就知道要我燒飯，難道我是你的下女嗎？她走進房間裡，仔細地化過妝，穿上一身嶄新的衣裙，挽起皮包，就娉娉嫋嫋地下樓去。她走出門口時，趙天國問：「穿得這麼漂亮幹嗎？」

「這算什麼漂亮？世界上那有一個新娘子像我這樣寒酸的？這套衣裙還是阿英送的。你從來沒有給我做過衣服，叫我穿什麼出門去？」阿綢忍不住乘機搶白一頓。趙天國答不出話，臉色一下子變得很難看，但是阿綢已顧不了這麼多了。

她走到街上，坐上公共汽車到了西門町，在一座公共電話亭中，投下一枚硬幣，撥出了一個熟悉的電話號碼，當她聽見對方鈴響時，一顆心不禁撲通撲通跳個不停。

「董公館。」電話裡傳來一個女孩子的聲音。

「請問董漢中在家嗎？」阿綢用顫抖的聲音問。

「他在睡覺。你是誰？找他有什麼事？」對方的聲音有點不耐煩。阿綢聽得出是那個驕傲的下女阿花。

「我是他的朋友，有事要跟他談談，麻煩你叫一叫他。」阿綢忍著一腔怒氣說。

對方沒有回答，就把電話放了下來，阿綢等了好久好久，終於，在話筒中聽見了她日夜相思的帶有磁性的男性聲音：「誰呀？」

「小董，是我，你還記得我嗎？」她的心跳到了喉頭，聲音也因為過份激動而有點哽咽。

「你是——，啊！不記得了，你到底是誰？」董漢中的聲音也顯得不耐煩，大概是因為午睡被吵醒的緣故。

「我是小林。」阿綢說到這裡，就忍不住哭了。

「小林？你是林雅愁？怎麼忽然又出現呢？我還以為你死了。」是董漢中驚訝的聲音。為什麼人們總是以為我死了呢？那次的大颱風，我的出現曾經嚇壞了阿英；這一次，小董又以為我死了。

「小董，我沒有死，我還好好的。你現在有空嗎？我很想見見你。」阿綢嗚咽著說。

「你不是想向我敲詐吧？」

「啊！小董，我怎麼會？要敲詐也不會等到今天呀！」他的話使得她大為傷心。

「好的。你現在在那裡？」

「我現在在街上。你到美心來吧！我在那裡等你。」董漢中答應了。阿綢放下話筒，才發覺自己的手心全是汗。她取出手帕，擦乾了手心，走出電話亭，到美心的樓上去等候。

美心是她和董漢中以前看完電影常來吃點心的地方。這個時候，顧客很稀少，樓上更是一個人也沒有。她在臨街的卡座上坐下，叫了一杯牛奶，就從皮包中取出鏡子，從新撲粉。

鏡子裡的她，有一張蓮子形的臉——以前原來是瓜子形的，現在豐滿起來了，雙眼煥發著光彩，雙頰豔紅。任何人看見了，都看得出她是個青春少女；但是，又有誰相信，她已經是個第二度懷胎的小婦人呢？阿綢一陣自憐，幾乎又落下淚來，她怕給董漢中以不良印象，所以強自忍住了。

過了十分鐘左右，她聽見木樓梯上起了一陣她所熟悉的腳步聲，接著，她夢中的人兒便已呈現在她的眼前。今天天氣暖和，董漢中穿著一件淺紅色的襯衫，半捲著袖子，外面套著一件棗紅色的毛背心，下面是窄褲管的藍色牛仔褲和尖頭皮靴，更顯出他的頎長挺拔。他的頭髮梳得光可鑒人，那雙又深又黑的眼睛，一上了樓，便緊緊盯住阿綢。他臉上的表情，先是驚訝，接著是迷惘、讚嘆，而變成了喜悅，終於，他一個箭步走到阿綢的對面坐下，雙手執著她擱在桌面的手，用最溫柔的聲音說：「小林，你長大了，也變得更漂亮了。」

在董漢中的眼裡，阿綢是成熟了，豐滿了，美麗了，不再是大半年前那怯生生、瘦伶伶的小女孩。他目不轉睛地盯住她那白裡透紅的臉蛋，以及她淺紫色毛衣下微微隆起的胸部，足足有兩分鐘之久。

「幹嗎這樣看人嘛？又不是不認得了！」阿綢嬌羞地低下了頭。

「因為你太美了。」他壓低了聲音又問：「那孩子呢？」

「死了！」阿綢撇著嘴說。這是她早就準備好了的謊言。

「啊！好可惜！小林你還恨我喔？」董漢中垂下了眼皮，是真的良心感到不安。

「可惜？你不是巴不得他死，也巴不得我死的嗎？現在，我還活在人間，你覺得很失望，是吧？」阿綢狠狠地數落著。

「小林，假如我現在求你原諒，你肯答應我嗎？」董漢中握著她的手，送到嘴邊吻著。

「這還有什麼原諒不原諒的？反正事情過去這麼久了。」阿綢把手抽回，昂著頭說，眼睛並沒有望著他。

「告訴我，他是個男的還是女的？像你還是像我？」董漢中很緊張的又問。

阿綢聽了，忍不住噗哧一笑：「傻瓜，你也不算算日子，好像我們分開了很多年似的。告訴你吧！我在第四個月就流產了，當時根本看不出是男是女，就算沒有流產，到現在大概還沒有生出來哪！怎知道像誰？」

「真是可惜！本來我可以做爸爸的。」董漢中不斷地搖頭嘆息。

「你也想做爸爸？你不是連丈夫也不想做嗎？」阿綢乘機發洩她的怨氣。「害得我幾乎死了。」

「對了！小林，那次你到底害的是什麼病？我去看過你的。你姊姊跟你講過沒有？」董漢中忽然想起了這件事，不過，他已忘記了阿綢騙他阿英是她表姊的事。

「你到過我姊姊家？」阿綢也忘記了自己的謊言，否則她會無地自容的。

「當然囉！那天我跟我老頭要了點錢，要去送給你，你昏迷在床上，你姊姊卻一直要趕我走，以後又沒見你再來，所以我以為你病死了。想不到，你反而變得這麼美。」董漢中說到最後，一雙眼睛彎成了新月形，又緊緊盯在她的臉上胸上。

「真的？你看見過我病在床上？我姊姊為什麼沒有告訴我呢？」阿綢懷疑地問。「啊！小董，假使當時我姊姊告訴了我，就不會弄到有今日的結果了，一切都是命中註定的呀！」說到這裡，阿綢已盈盈欲淚。

「小林，什麼事使你這樣傷心？」董漢中駭然地問。

「小董，今天我約你出來，就是要告訴你，我已經結婚了。」阿綢的眼圈紅紅的。

「你結婚了？不！我不相信！你騙我！」董漢中瞪著圓圓的眼睛，大聲地說。

「是真的，我沒有騙你，為了肚子裡的孩子，也為了生活，我不得不那樣做。」阿綢低著頭，幽幽地說，表情裝得很逼真。

「是哪一個混蛋娶到你這樣可愛的女孩子了？」董漢中暴跳如雷。因為樓上的顧客只有他們兩個，所以他可以肆無忌憚地說話。

於是，阿綢把自己跳水自殺，被人救起，生了一場大病，擺地攤，最後嫁給了趙天國的經過，半真半假，一五一十地全部告訴了董漢中。說完了她看看錶，便慌張地說：「我得回去了，我的丈夫管得我很緊，晚了回去他會罵我的。」

「混蛋！他是什麼東西？敢這樣欺負你？」董漢中憤憤地說。「你跟他離婚算了。」

「離了婚叫我靠誰生活嘛？」阿綢就是希望他說出那句話。

「真氣人！可借我還不能自己賺錢。」董漢中用拳頭敲著自己的前額。「小林，你不要回去，我請你吃晚飯著電影好不好？」

「今天不行，我真的要回去了。」阿綢說著就站了起來。

「那麼我送你回去。」

「不，會被人碰見的，我自己回去就行。」

「你住在那裡？我來找你好嗎？」

「不，我丈夫醋勁大得很哩！有機會我會打電話給你的。小董，再見！」阿綢含情脈脈地望了董漢中一眼，然後依依不捨的走了。

董漢中咬著牙，狠狠地把卡座的墊子重重擊了兩下，彷彿那便是小林的丈夫的頭顱。

十六

自從會見了董漢中，阿綢的心頭便覺癢癢的，似乎在家裡一刻也呆不住。想到了他那雙又深又大的眼睛還是那麼多情地望著自己，一股甜蜜的感覺就盪漾在胸臆間。她整天低低地哼著歌，一在燒飯的時候哼，在打掃的時候哼，在憑窗遠眺的時候也哼，好像是一隻快樂的小鳥。趙天國冷眼旁觀，覺得有點奇怪，但是他想不出是什麼事情使得他的小妻子變得愉快了。

好不容易熬過了三天，這一天又是趙天國他們準備出版的日期，三個人都一早就在埋頭大寫特寫。阿綢去買菜的時候，就打電話給董漢中，說她下午可以自由，董漢中就約她上他家去。

下午，收拾完畢，阿綢輕描淡寫地對趙天國說要去阿英那裡玩，趙天國正忙著，隨口就答應了。於是，阿綢就像隻出籠小鳥似的，從她的家飛到董漢中的家。

偌大的一座董公館，在白天裡總是閒靜無人的。男工為阿綢開了門，雖然很輕薄地看了她幾眼，但是，來找他家少爺的女孩子實在太多了，他見怪不怪，也不覺得有什麼新奇。

在董漢中的房間裡，房門一關，裡面便是他們的天下。兩個人偎依在床上，有著說不盡的話，經過大半年的分離，他們之間感情似乎比以前更加融洽，更加恩愛。

「小董，這些日子以來，你一定有了新的女朋友，為什麼還會要我呢？」阿綢把頭靠在董漢中的胸前，撒嬌地問。

「有又怎樣？我說過世界上沒有一個女孩子比得上你可愛的。」董漢中撫摸著她光滑的臉蛋。

「才不相信！你以為我死了，都沒有到我姊姊家裡去弔一下，你心目中那裡有我這個人？」她在撒著嬌。

「我怎敢去嘛？你姊姊那天一直把我趕出來，假使你真的死了，她更是不會讓我進去了。」

「我姊姊真可惡！等我看到她，一定要跟她算帳！」阿綢咬牙切齒的說。「小董，假使不是那次的誤會，我一定不會嫁給姓趙的。你說，我現在怎麼辦？」

董漢中把她摟緊一點，低頭吻著她的前額。「小林，我是很愛你的，但是，我還沒有自立能力，不能幫助你。只要你能夠常常出來找我，我就很滿足了。」

「我不能常常出來，我丈夫知道了會打死我。」

「他打你，我就揍他。」董漢中掄起了他的拳頭。

「他又瘦又小，一定打不過你的。」阿綢笑著說。在董漢中的懷抱中，她竟然忘了自己已經是別人的妻子。

就這樣的阿綢瞞著丈夫，跟董漢中幽會了一次又一次，有時在咖啡室，有時在電影院，有時在郊外，但是最大部分的時間是在董漢中的房間裡。她外出的藉口是：找阿英或阿玉，去看電影，買一小塊布學做衣服，到書店裡去看書，……。趙天國雖然不怎麼喜歡妻子經常出去；不過他也知道不能夠把一個年輕女孩子整天關在家裡，也就只好隻眼開隻閉的容忍著。

阿綢這次懷孕，情況比上次好得多，只是在早晨偶然有嘔吐現象，其他的時候就完全沒有什麼不適；所以有著晚起習慣的趙天國到現在還不知道妻子已經有喜，而阿綢也得以天天逍遙玩樂。

又是一個冬天裡的春天，整天暖陽高照，雖然已經是元月，人們卻是可以穿著單衫出遊。那天，是星期日，阿綢騙趙天國說：新婚的阿玉夫婦請她和阿英去遊指南宮，要去玩一天，她已滷好一鍋菜在廚房裡，請他們自己燒飯吃。

趙天國心裡不怎麼痛快，但是又想不出理由來阻止，只好極不情願地答應了。阿綢打扮舒齊，眉飛色舞，興高采烈地，幾乎是跳躍著出門去，她的董漢中已在臺北車站等候她。是的，她的確是去指南宮，不過，同行的人不是阿英、阿玉而是她的情人罷了。

阿綢走了以後，趙天國一個人歪坐在藤椅裡，滿腹狐疑，滿心不樂。他想：雅愁太年輕了，我不能太放縱她；下一次她要出去，我可要跟著她一起。

正想著，阿玉夫婦忽然雙雙出現在門口，這使他嚇了一大跳。阿玉那時剛結婚不久，今天，她特地帶著她的外省籍丈夫伍增榮來拜訪妹夫和妹妹，替這兩位襟兄弟聯絡感情。一看見他們，趙天國也顧不了禮貌，就叫了起來：「奇怪！雅愁不是跟你們一起到木柵去了嗎？你們難道沒有碰到她？」

阿玉夫婦一聽，也覺得很奇怪，但是並不認為有什麼嚴重性。阿玉想了一想說：「她會不會跟阿英先約好了，再去找我們呢？」

「那麼我們到阿英那裡去。」趙天國首先作主說。

三個人到了阿英家裡，看見廖俊雄正在蒙頭大睡。趙天國不客氣地把他推醒說：「老廖，雅愁來過這裡沒有？」

「沒有呀！出了什麼事嗎？」看見三個人圍在床前，廖俊雄揉著惺忪睡眼，也嚇了一跳。

「阿英呢？」阿玉說。

「在馮家嘛！」

「她有沒有說過要跟阿綢到指南宮去？」阿玉又問。

「沒有呀！」

「那就怪了，她到底跟誰去的呢？」阿玉沉吟著。

「我們再去問問阿英。」趙天國沉著聲音說，臉色變得很難看。

一行人又到了馮家，阿玉進去把阿英叫出來。當趙天國從阿英口中知道了阿綢不但沒有約過她去指南宮，甚至近來也很少見面，他心中便已明白了一切。

「她有什麼朋友沒有？」為了謹慎，趙天國又問了一句。

「沒有嘛！她會有什麼朋友呢？」阿英很坦白地回答，因為她絕對想不到妹妹會有什麼不軌的行為。大半年前董漢中闖進她家裡的事，雖然也曾經在她心裡起了一個疙瘩；但是，事過境遷，這個人又一直沒有再出現過，她也就漸漸淡忘。

趙天國謝了阿英姊妹，鐵青著臉，一個人就搭上了公路車，向木柵進發。坐在車子上，他額上冒著涔涔冷汗，青筋露出，愈想愈覺不對勁。雅愁一定是有了男朋友了，要不然，怎會時時外出？怎麼騙我說是去找姊姊？看她每次出去時的打扮，看她每次回來時的眼角含春，風情萬種，我為什麼這樣笨？難道我瞎了眼睛嗎？趙天國啊！誰叫你不聽陳新和鄒正民的勸告？這就是娶年輕而美麗的妻子的結果啊！想著，想著，他緊緊地握著拳頭，讓指甲陷進肉裡，眼裡露出了怕人的兇光。

懷著姑妄一試的心情，趙天國走上了指南宮。他的雙睛像老鷹一樣在每一個遊人的臉上搜索著，希望發現他的妻子；他更是暗暗的祈禱上蒼，希望陪伴在他妻子身邊的是個女的而不是他的同性。

因為天氣晴朗，今天的遊人相當多；趙天國滿懷創痛地走著找著，阿綢始終芳踪渺然。也許她又是騙我的，根本沒有來指南宮。我這個大傻瓜，又上當了。

趙天國坐在石欄杆上，喘著氣，拭著汗，失望地打算就回去。偶然抬頭，從廟後的樹林中走出一雙情侶，男的長得又高又英俊，女的卻是嬌小玲瓏，兩個人彼此互攬著腰，一面慢慢走著，一面相視微笑，那種親熱的情形，叫任何人看了都會覺得羨慕。

彷彿被巨雷轟頂一樣，趙天國頓時就僵在那裡，動彈不得。那嬌滴滴的紫衣少女，不是他的妻子雅愁是誰？他的眼睛噴出了火，全身的血液都沸騰起來。我的猜想沒有錯，她果然有了男朋友了，近來的常常藉口外出，當然就是跟這個太保模樣的人出去幽會。可憐我這個大傻瓜，假使不是今天親眼看到，不知道還要被她蒙騙多久？可惡可恨的小賤人，今天有得你好看的他雙眼噴著火，緊緊咬著牙，一個箭步就衝到這對情侶面前，兩手叉腰，冷笑了一聲：「想不到會在這裡碰到我吧？哼！阿英呢？阿玉呢？」

阿綢冷不提防的忽然看見了丈夫，馬上嚇得像遇見鬼似的，渾身發抖，花容失色，躲在董漢中身後，張口結舌的一句話也說不出。

趙天國走上前一步，一把把她扯了出來，順手就一巴掌在她的嫩頰上印了個紅印，一面大聲的吼：「說呀！你的姊姊呢？你的姊夫呢？」

阿綢用手掩住被打的地方，失聲痛哭起來。

趙天國扯住她的頭髮，伸手又摑了她一下。「你這個小賤人，原來背著我在偷野漢，這次可讓我捉到了吧？」他怒罵著。

「喂！你說話可得小心一點啊！」一直沉默著的董漢中現在開口了，當趙天國還想再打阿綢時，他的手腕就被董漢中緊緊握著，動彈不得。「只會欺負女人算什麼英雄好漢？」

「你是什麼東西？你偷了我的老婆，我還沒有打你哩！你居然敢先動手？我跟你拚啦！」趙天國像一隻瘋狗一樣，放開阿綢，就撲到董漢中身上。

兩個人互相扭打了起來，阿綢嚇得只會站在一旁哭泣發抖。這時，已經有一些遊人圍過來看熱鬧，但是，卻沒有人敢上前勸解。

兩個男人在扭打著，用拳打、用腳踢，漸漸，他們的「戰場」也移到了石階的附近。趙天國顯然敵不過年輕力壯的董漢中，很快地，他的臉頰中了一拳，嘴角在淌著血，人也搖搖欲倒。

阿綢眼看丈夫快要倒下，心中不忍，就衝到這對在酣戰中的男人面前，死命扯著董漢中的手臂大聲喊：「小董，住手！不要再打啦！」

董漢中原是個打架能手，此刻打得性起，那裡肯聽阿綢的話？他不耐煩地把阿綢的手摔開。也許是用力過猛吧？就在這一剎那間，只聽見一聲驚呼，阿綢就像個倒地葫蘆似的從石階上往下圍觀的人全都驚叫起來，紛紛趕下去援救，董漢中和趙天國兩個人這才意識到發生了什麼事，也立刻住了手，衝到石階下面去。

還好石階並不陡，阿綢滾落了十來級就止住了；但是，由於精神上的刺激和受驚，她已經昏迷過去。

董漢中看見她臉色慘白，眼睛緊閉，以為她跌死了，他恐怕自己被牽連，乘著趙天國沒有提防，也乘著大家在忙亂，就偷偷溜掉。

一面用手帕揩拭著嘴角的血，趙天國又氣又急的蹲下去察看他的妻子。試試她還有呼吸和脈搏，他鬆了一口氣，請圍觀的人幫忙叫了一輛計程車，把阿綢抱進車內，駛回家去。

十七

阿綢這一次，一躺就是十天，不消說，那一跌，又使她小產，好像上天註定她不能當母親似的。這原是個合法的胎兒，由於上一代的紛爭，卻使他不能來到人世，是多麼的無辜！

在病榻中，阿綢開始對丈夫感到歉疚。趙天國的臉上和手上都包紮著紗布，本來就瘦削的臉孔，現在看起來更是只剩下皮包骨。他的大眼睛失神而佈滿紅絲，它們常常凝視著遠處，但是從來不停留在阿綢的身上。

打從那次從木柵回來，趙天國就不曾跟阿綢說過一句話，痛苦與失望很明顯地寫在他的瘦臉上。他為她請來醫生，服侍她吃藥，為她準備飲食，就是不跟她講話，也沒有正眼看過她一眼。還好他受的只是輕傷，否則就不知道該誰服侍誰了。

阿綢知道丈夫恨她，他不跟她講話，她也就不敢開口，終於，就形成了沉默的僵局。

到了阿綢能夠起床那天，趙天國的表情更加憂鬱了。他皺著眉，不斷地在那間兼作客廳和飯廳用的辦公室裡往來踱著步。阿綢默默地廚房裡操作著，滿懷恐懼：怎麼辦？怎麼辦？難道他要永遠不跟我講話？假如他一直不開口，我要不要先請求他原諒呢？

她正在這樣想著，忽然聽見了趙天國在清喉嚨的聲音，接著，又聽見他用很僵硬的聲音在喊：「雅愁，你出來一下。」她心裡一慌，一失手，就打破了一只碗。

她把手擦乾，慢慢地走到前面去。兩個人四目相投，頓時覺得彼此都陌生得不復認識。趙天國指指他對面的椅子，面無表情地說：「你坐下來，我有話跟你講。」

阿綢一臉驚疑的坐下。

趙天國再度清了清喉嚨，很困難地開始說：「雅愁，到今天為止，我承認我們的結合是大錯特錯了。還好，我發現得早，補救也不算遲。我已經決定，不追究你的過去，明天我們到法院去離婚，還你自由，你去跟那個小伙子吧！我配你的確是年紀大了一點。」

「不，天國，我錯了！我對不起你！我不要離婚！你原諒我吧！我以後不會那樣做的！」阿綢一聽，幾乎昏了過去，她愛董漢中，但是對趙天國也有著感情，尤其是自從他因她而受傷以後，她更是內疚不已，希望有機會改過自新。

「變了心的女人，就像潑出去的水，再也收不回來。今後我不想再冒險了。」趙天國拚命的搖著頭。「你還不知道，當初我娶你，陳新和鄒正民兩個人都反對，他們說你我的年齡和教育程度都太懸殊，是很難有圓滿的結果的，想不到，他們的話都說對了。說來也許你不相信，我就是因為你沒有受過多少教育才娶你的。我是個曾經在情場上失過意的人。」他的眼睛黯淡起來。「對方是個受過高等教育的女孩子，她欺騙了我，傷了我的心，於是，我立誓，我將要娶個不識字的女人做我的賢妻。那時，你坐在地攤後面，利用微弱的燈光讀書，那情景感動了我，後來，你又告訴我你沒有進過學校。我想：這不正好符合我的條件麼？所以，我堅決不顧他們的反對，把你娶了過來。誰知道，沒有受過教育的女人跟受過高等教育的女人一樣，仍然是欺騙了我。難道這是我的命？」

趙天國的眼圈一紅，聲音也變得哽咽了。

阿綢不顧一切的衝過去，撲倒在趙天國的膝上。「天國，都是我不好。你打我吧！罵我吧！只求你不要離婚！」

趙天國輕輕把她推開，依然搖著頭說：「不！我說過的，潑出去的水，再也收不回來了。我是個很實際的人，娶一個妻子回來，我就希望她乖乖地呆在家替我燒飯、洗衣、生孩子。我不能容忍她天天打扮得花枝招展的去會男朋友。」說著，他站了起來。「你去休息吧！明天去辦好了手續，你就可以自由了！」

「天國，請你不要這樣，我以後不會再去找他的。還有一件事我還沒有告訴你，我已經有過孩子，可惜那次跌壞了。天國，你為什麼一點也不顧念三個多月的夫妻之情？」阿綢走過去扯著他。

「什麼？你說什麼？」趙天國摔開她的手，粗暴地問。

「我說我因為那天一跌就小產了。」

「哼！虧你還敢說出來！天曉得那是誰的？」趙天國忽然瞪大眼睛，指著她就罵。

「天國，請你相信我，那是你的！」阿綢哭了。

「鬼才相信！你那天真跌得好啊！要不然，孽種生出來，叫我怎麼見人？少裝腔作勢啦！去把你的行李收拾，明天去過法院，我們就各散東西吧！」

趙天國氣得臉色發青，踏著重重的步伐下樓去，剩下阿綢一個人伏在椅背上痛哭失聲。

十八

就像三個多月以前一樣，趙天國和阿綢又雙雙來到法院，同行的還有陳新和鄒正民兩個，因為趙天國要他們做離婚的證人。

辦好手續出來，阿綢早已哭得像淚人兒似的。趙天國當然也有點難過，但是，他的臉上一點表情也沒有。走下法院的臺階，他對阿綢說：「你現在就到阿英家去吧！我會叫人把行李送去的。」

自從知道了阿英居然把董漢中來看過她這件事瞞起來以後，阿綢就有點恨她的姊姊。這些日子她所以不去找她，除了忙於跟董漢中泡在一起之外，這也是原因之一。昨天，趙天國向她提出離婚，她在心裡就打定主意離婚後絕對不要住到阿英家裡去。阿玉的丈夫婚後配到了一棟小小的眷舍，比阿英的家大得多，她打算到他們那裡去暫住。此刻，她聽見趙天國說要把行李送到阿英家，第一個反應是想叫他改送到何玉那裡去；後來又想，我們姊妹失和，何必讓他知道？反正自己以後也要到阿英那裡的，那就讓他去吧！

於是，她擦乾了眼淚，裝得很有風度的點點頭說：「好的，謝謝你，再見！」

趙天國也跟她揮揮手說聲再見。陳新和鄒正民還笑著叫她以後回去玩，就這樣，阿綢和她結婚三個多月的丈夫就正式分了手。

茫然地，阿綢沿著重慶南路走向衡陽路，自自然然的，她從衡陽路又走向成都路。以往，她走過這些地方，必定會在每一個櫥窗外面駐足，瀏覽觀賞裡面所陳列的貨品；但是，今天她已沒有這種興致了，前途茫茫，人海浮沉何時了，她簡直像是一條喪家之犬啊！

當她走過美心時，她忽然想起了董漢中。很奇怪地，從昨天趙天國向她提出離婚那一刻起，她的心中都是充塞著悲痛和惶恐的感覺，而沒有想到是誰使得她遭受這次不幸的。如今，她路過這間她和董漢中常來的餐廳，才猛然醒悟：我為什麼不找他呢？雖則我並不要他負什麼責；不過，起碼也應該把自己離婚的事告訴他，或者再次託他代找工作呀！

她走進一座電話亭裡，撥電話想約董漢中出來，接電話的又是下女阿花：「董漢中不在，他到南部去了。」聲音裡透著不耐煩。

「哦？他到南部去了？什麼時候回來？」阿綢驚訝地問。

「不知道。」啪的一聲，對方電話已經掛斷。

阿綢覺得自己快要昏倒了，就連忙把身體靠在玻璃窗上。小董到南部去了？為什麼？是真的還是假的？不！我必須見見他，我有話跟他說。

走出電話亭，阿綢坐上公共汽車到董家去。應門的仍然是那個男工，一看見她，臉上就浮起了邪惡而猥褻的笑容，露出一口黃牙，裂開了大嘴：「哦！小姐，你找誰呀！」

「當然是董漢中啦！難道你不認得我？」阿綢憤憤地說著，就要走進去。

「且慢！假如我說董漢中不在呢？」男工無禮地用手攔住了她。

「別想騙我，他不在我可以等他回來。」阿綢倒退一步，恨恨地盯著那男工。

「恐怕你的小董一時不會回來了，小姐！你害他害得還不夠？還好意思來纏他？你真的不怕你的丈夫把你打死？」男工涎著臉，慢吞吞地一個字一個字的說得很清楚。

阿綢氣得渾身發抖。「你這個無賴！我不明白你在說些什麼？」

「別裝蒜啦！小姐！老實告訴你吧！小董自從跟你的丈夫打架以後，他怕惹出事來，已經躲到南部去了。使他半途退學，這不是你害他的嗎？這些事，老爺本來不讓我們知道。是我們偷聽到的。」他又裝了一個淫邪的笑容：「所以，小姐，你不要再來纏小董了，他也不會再要你的。你想找野食，嘻嘻！找我不也很好嗎？嗯！」男工說著，就想拉她的手。

「你……你……」阿綢氣得一句話也說不出，轉身就走。才走了幾步，便覺全身虛脫，只好叫住一部三輪車，叫車夫拉到阿玉的家。小產後的她，身體還沒有完全復原，加上這場刺激，使得得她一到了阿玉家裡就再度病倒了。

阿英和阿玉原本已經知道趙天國因為阿綢在外面交男朋友而跟她鬧翻的事，只是，她們還不知道他們已經離婚。很巧的，當阿綢抵達阿玉家不久，阿英也因為趙天國送阿綢的行李到她家去而知道了這件事。她問趙天國，阿綢在什麼地方，趙天國愕然地說：「她不是已經回到你這裡來嗎？」

阿英一聽，嚇得什麼似的，連忙趕到阿玉這裡來，一看，阿綢正安然躺在阿玉的床上，雖然臉色蒼白得怕人，還好不是出了什麼意外，心上的一塊大石才落了下來。

阿英還不曉得妹妹在恨著自己哩！她一把撲到阿綢身上，就哭著說：「阿綢啊！你為什麼要這樣嘛？你為什麼要這樣嘛？」

阿綢閉著眼睛在裝睡，一語不發。

「阿姊，阿綢怎樣了？」阿玉不解地問。剛才阿綢進來，只說了一聲「我很累，讓我躺一躺。」其他什麼都沒告訴她，所以阿玉完全不知就裡。

「可憐！她跟趙天國離婚了。」阿英擦著眼淚說。

「真的嗎？就為了那件事？啊！阿綢，你為什麼要答應他呢？以後你怎麼辦？」

阿玉的眼睛也開始潮濕了。

「這都是她害我的！」阿綢忽然睜開眼，指著阿英有氣無力的說。

「什麼？阿綢，你說什麼？」阿英驚訝地問。

「我問你，上一次我生病住在你家裡，有一個男朋友來找我，你為什麼沒有告訴我？」阿綢咬著牙說，但是聲音卻很軟弱。

「一個男朋友？」阿英在記憶中極力搜索著。「哦！是那個太保型的少年？他對我對你都很不禮貌，我不想你跟那種人交朋友，這有什麼不對？」

「要是我知道他來看過我，我就不會跟趙天國結婚了，這不是你害了我嗎？」阿綢又閉上了眼睛。一陣暈眩，一陣傷心，她不禁流出了眼淚。

「啊！可憐的阿綢！我怎麼知道？要是知道，我怎會那樣做呢？那個人現在在那裡？我去把他找來好不好？」阿英俯身向前，抱住了妹妹，因為內疚而變得十分激動。

阿綢把臉轉開，閉著眼睛回答：「算了，不必『假仙』了，人家早已離開臺北，你到那裡去找他？」

「阿綢，那麼那個人呢？那個陪你到仙宮廟去玩的人在那裡？」阿玉忽然想起了什麼。

「二姊，你以為我有那麼許多的男朋友嗎？他就是他呀！他怕被我拖累，已經躲到南部去了。」阿綢睜開眼睛，對著阿玉悽然一笑。

「他既然這樣不肯負責，那你就算了。你安心住在我這裡，幫幫我養雞吧！天下男人多的是，叫姊夫慢慢再給你介紹一個好了。」阿玉輕輕拍著阿綢的頭，婚後的她，已辭去工作，專心在家養雞。

「阿玉，讓阿綢住到我那裡吧！我們俊雄可以再幫她弄一個地攤去擺賣。再說，她的行李也還在我那裡嘛！」阿英說。

「不？我這裡比你那裡地方大，而且我養這幾十隻鷄，也的確需要人幫我忙。」阿玉堅持著。

「這樣好了，我們讓阿綢自己決定。」阿英無可奈何地說。

「好的，我也贊成這個方法。」阿玉說。「阿綢，你自己決定吧！你要住這裡還是阿英那裡？」

「你這裡。」阿綢毫不猶豫的就這樣說。

「阿綢，你不喜歡我了？」阿英傷心地問。

「你又哪裡喜歡我嘛？假使我住到你家裡，說不定又會被你再害一次啊！我很累，我要睡覺，你們不要再吵我吧！」阿綢喘著氣說完了，就閉上了眼睛。

阿英向阿玉搖搖頭，流著眼淚說：「冤枉啊冤枉！我這樣喜歡她，為什麼她一點也不知道呢？」

「慢慢她會知道的，現在她還不大懂事哩！」阿玉同情地握著姊姊的手。

當天晚上，阿英把阿綢的行李送過來，並且送來了一漱口杯的豬肝湯，她沒有說什麼，慇懃地服侍阿綢喝了下去。第二夜，送來了鷄湯；第三夜，送來豬肚湯……。她並不知道阿綢曾經小產，但是，這些都是上好的補品，加上阿玉每天供應的鮮牛奶和新鮮的雞蛋，不到一個星期，阿綢就已完全恢復，並且雙頰嫣紅、皮膚潤澤，比以前更健康更好看。

躺在床上的那些日子裡，阿綢已深深被她兩個姊姊對她的愛心所感動；同時，她也想通了當日阿英隱瞞了小董來過的事，完全是為了她好，現在，她不再恨阿英了。她起床那天，阿英又捧了一瓦罐的麻油雞來，蓋子一打開，室中就瀰漫著雞和麻油的香味。

阿玉吸著鼻子聞了一下，微笑著說：「好香！你天天弄這麼多好吃的東西來，我也真想生病哩！」

「真是餓鬼！」阿英笑罵著，然後就叫著：「阿綢，快起來！要趁熱才好吃哩！」

阿綢從床上坐了起來靦靦地望著阿英說：「阿姊，你對我太好了！那天，我對你說了沒有禮貌的話，你肯原諒我嗎？」

「阿綢，你是我的小妹妹，我從來就沒有怪過你呀！你說這些話做什麼？來，快點來吃吧！」阿英走過去，拍著阿綢的背。

阿綢立刻就哭倒在姊姊的懷抱中，阿英也哭了，站在一旁的阿玉又加入了一份。她們緊緊擁抱在一塊兒，這三個在洪水中倖存性命的孤兒，一起流著快樂的眼淚。

十九

阿綢又坐在淡水河畔的水門上沉思了。俯視腳下滾滾而流的黃濁江水，她心中有著太多的悲愴，有著太多的感慨。這滔滔的河流，曾經奪去了她父親和兩個弟弟的性命，也曾兩度幾乎把她吞噬了。在經歷過許許多多痛苦的人生經驗之後，長成了的阿綢，對這一江濁水，心中有著的是悲憤的感情和反抗的意志而不再是畏懼。她默默在想：我要生存下去的，你毀滅不了我，正像野火燒不盡那卑微的小草一樣，春風一吹，它們又會勇敢地從泥土中抽出新芽，迅速地茁壯成長。我是個生長在苦難中的人，什麼苦都吃過了，現在，沒有什麼能打垮我的。

阿綢在阿玉家住了半個月，就躍躍欲動了。病好以後，她幫阿玉做些養雞的工作，阿玉免費供她食住；本來，這樣下去，暫時也可以苟安。但是，阿綢是不甘寂寞的，她忘不了她想讀書的理想，一心一意想出去工作賺錢來養活自己。她叫她的兩個姊姊和兩個姊夫幫她找尋工作，他們卻都勸她先把身體休養好再說：她那裡呆得住？今天，她騙阿玉說要出去走走，不知不覺又來到兒時故居之地她坐在水門上思考著，決定自己再出去闖一次，試試能不能找到工作。她站起身望著眼前的風景，心想：現在的臺北市變得多堂皇多漂亮呀！為什書我阿綢依然是一棵任人踐踏的小草呢？這時，中興大橋早已落成了多時，正雄偉地橫跨在河上。她身後的臺北市，高樓大廈一幢一幢地指向雲天，她小時所見的低矮日式平房，現在已難得一見了。

對的，人是要變的，我要往上爬，不能永遠任人踐踏。阿綢拍拍身後的沙土，走下了水門。對於找工作，她有過幾天的經驗，她知道，除了在報紙上的人事小廣告中尋找外，還可以從馬路上的招貼去發現，要不然，介紹所也可以有機會。不過，介紹所是要抽取佣金的，那是下策，非不得已時，最好不要去光顧。

阿玉家沒有報紙，她今天沒有看報，不知道有沒有合適她的。為了要省回那一塊二毛錢，阿綢決定到閱報牌去看，她知道那裡有閱報牌，這一個區域的地理她是非常熟悉的。

她穿過那些窄窄的陋巷走向大街，偶然，經過一家做紙盒的小工廠，她看見門上貼著一張紅紙，上面寫著：「招請糊紙盒女工，年齡十六至二十。」

「啊！這豈不是很適合我嗎？我為什麼不去試試？做女工總比當供人使喚的下女好一點呀！」阿綢眼前一亮，立刻所走進那家工廠裡。原來所謂工廠，只是一間破舊的磚屋，坭地上堆滿了紙盒，幾個女工坐在小凳子上在工作著，裡面光線不怎麼好？阿綢根本看不清她們的臉。

「請問，這裡是要招請女工嗎？」阿綢操著流利的國語，很禮貌地開了口。

「伊講西米？」其中一個身軀胖胖的女人用閩南話問其他的人。

「我想來做女工。」阿綢一聽，知道自己太不聰明了，在這種地方，國語怎行得通呢？於是，她立刻改說閩南話。

「哦！你以前做過沒有？」那個胖女人抬起頭來問。這時，阿綢才看清這個女人年紀很大，鑲了滿口金牙，肚子大得像個水缸。

「歐巴桑，我沒有做過，不過，我可以學嘛！」阿綢低聲下氣地說。

「不行！我們不要生手，生手做得太慢了。」胖女人說完了，就低頭繼續她的工作，不再理會站在面前向她求職的女孩子。

阿綢垂著頭走出了那家工廠，就像一隻洩了氣的皮球似的，連腳步都幾乎抬不起來。此刻，她不禁深深感到自己的無能。連一個糊紙盒的女工都沒有資格做，阿綢啊！你太不自量了，以前還想當職員和店員哩！不要笑掉了別人的大牙吧！

經過了這次打擊，阿綢忽然領悟出一個道理：一個人還是不要好高騖遠的好，自己能做什麼就做什麼，安安份份的，心裡不是會舒服得多嗎？所以，我還是認命的去找一份下女的工作算了，遇到好的主人，當下女也不見得有什麼辛苦。好像方媽媽一家，他們不是都待我很好嗎？自從離開方家以後，到現在快一年了，這是阿綢頭一次想到他們。事過境遷，她對他們也開始感到有一點歉疚。

立定了主意，阿綢就加速腳步走向大街。她知道在那附近有兩三家介紹所，她決定一家的去碰運氣。

第一家介紹所的櫃臺上坐著一個梳著大包頭的青年，嘴角斜叼著一根香烟，滿臉流氣。阿綢走到他面前，結結巴巴地開了口：「你們這裡有人要請下女的嗎？」

大包頭青年瞇著眼，把阿綢從頭到腳的足足打量了一兩分鐘，然後，忽地堆上一臉笑容，指著一隻椅子很客氣地說：「有！有！小姐請坐，我們慢慢談。」

阿綢喜出望外的坐了下來。那個人把櫃臺上一大髒兮兮的簿子打開，翻了一下說：「要請下女的倒是有幾家。小姐的條件是什麼？你先告訴我，我再介紹你去。」

「我沒有條件，」阿綢想了一想又說：「那一家待遇好，我就去那家。」

「小姐，」那個人忽然露出了淫邪的笑容，壓低聲音說：「像你長得這麼漂亮，何必當下女呢？我介紹你一份高尚一點的工作好嗎？」那個人的表情使得阿綢生出了疑懼的心，她提高了警覺，戒備地問：「是什麼工作呢？」

「這個嗎？嘿嘿！」那個人乾笑著，掃了那些坐在他店中等候工作的幾個年輕人一眼，聲音放得更低。「這份工作輕鬆得很，只要陪陪客人就行，是一家茶室的老闆託我找的，我覺得小姐最合適了。嗯！怎麼樣？我現在就帶你去好嗎？」

「可惡！你把我當作什麼人嘛！」阿綢雖然並不太知道那些花茶室的真相；但是從趙天國那份內幕雜誌，從一些租來的磚頭型言情小說裡，也懂得那不是好地方。加上那個人態度的不正經，使得她更是害怕。於是，她霍地站了起來，狠狠地罵了那個人兩句，就急急地走了。

那個人發出了一陣狂笑。笑聲追逐著阿綢，直至她遠離那條街為止。

當她放慢腳步以後，一種被侮辱的以及自憐的感覺立刻襲上心頭，使得她幾乎又掉下眼淚。為什麼？為什麼？世路為何如此坎坷？為何處處都有險阻？人們為何又都喜歡欺侮弱小？使我連一個最低微的願望都不能達成？不過，現在我絕對不會像以前那樣容易向命運妥協和低頭了，我要向命運挑戰，我要跟環境奮鬪。彷彿在那一本書上面看過「疾風知勁草」這句話，我不但是野火燒不盡的小草，而且還是一棵勁草啊！

她咬著嘴唇皮，拼命地眨著眼睛，把眼淚逼回去，昂起頭再往前走。當她走到第二家介紹所前面時，她看見店門口擠了很多人，似乎生意很興旺的樣子，她想：人這樣多，我先試第三家，等一下再來吧！

第三家介紹所的門口坐著胖胖的老闆娘，面孔看來很和氣。阿綢鼓勇上前問她：「歐巴桑，你們有人要請下女嗎？」

老闆娘笑瞇瞇地打量了她一下，點點頭說：「有是有的。你會說國語嗎？念過書沒有？」

「我會說國語，也念過書。只是，當下女為什麼要懂這些呢？」阿綢奇怪地問。

「有一位外省太太來找我介紹，她就是要讀過書的。我看你長得很聰明，她一定會喜歡你的。你幾歲了？有沒有在別的地方做過？」老闆娘又問。

「我十八已經做過三家人家了。」阿綢回答說。她沒有撒謊，她不是曾經在自己的家裡、方家和趙天國的雜誌社裡擔任過燒飯的工作嗎？

「好！很好！我現在帶你到那位太太家裡去吧！」老闆娘滿意地不斷的點著頭。

「歐巴桑，謝謝你！」阿綢衷心感謝著這位好心的婦人，心裡一面在祈求上蒼：這次不要讓我再失敗了啊！

老闆娘吩咐她的兒子看店，就拖著一雙木屐跟阿綢出門去。她帶阿綢走進附近一條很幽靜的巷子裡，在一棟有院子的日式平房前面停下來。她按了按門鈴，沒多久，就有人出來開了門，那是一個戴著眼鏡，打扮得很高雅大方的中年婦人。

「沈太太，我給你帶了一個女孩子來了，你看看合不合意？」一見面，老闆娘就扯開喉嚨，用生硬的國語大聲地說。

「好，你們都進來坐吧！」沈太太微笑著說。

她們走進玄關，脫了鞋，上了客廳。啊！這屋子布置得多麼雅潔！就像它的女主人一樣。打磨得發光的地板，纖塵不染的落地玻璃窗，一套式樣簡單大方的咖啡色沙發，上面配著草綠色的靠枕；壁上掛著字畫，架上裝飾著中英文的書刊，小几上擺設著插花與盆栽。整間房子的氣氛看起來是那麼和諧而舒適。在阿綢的心目中，董漢中的家雖然富有，但是由於他母親不理家務，客廳的布置只是豪華而並不美觀，比起沈家的這個廳堂真是差得太多了。

沈太太招呼她們坐下，先問了老闆娘幾句話，然後就跟阿綢談了起來。才問答了兩句，沈太太就驚奇地叫了起來：「阿綢，你的國語說得太棒了，簡直比我的藍青官話強得多，你從那裡學來的？」

「我在兩家外省人家裡做過。」

「哦！怪不得！老闆娘說你念過書，你念到那一個年級呢？」沈太太又問。

「我沒有進過學校，是我主人的小姐教我的，我大約有初一程度。」阿綢回答說。現在，她不敢再吹牛了。

「啊！那太好了！阿綢，我看你很乖的樣子，你就在我這裡做吧！我也可以教你讀書的。」

「真的嗎？太太！那我太感謝您了。」阿綢快樂得幾乎想跑過去抱往沈太太。現在，她忽然又覺得：世界上的好人為什麼這樣多呢？沈太太，老闆娘、方家一家人，還有林老師，他們對我多好呀！啊！林老師我太久沒寫信給你了，但願你能原諒我！

就這樣，沈太太決定了僱用阿綢，她付了介紹費給老闆娘，也付了阿綢的一份，阿綢請她將來在工資內扣回，沈太太笑著說：「要是你工作做得好，我不會計較這點小錢的。」因為要回何玉家取行李，阿綢跟沈太太說明天早上再來，沈太太也答應了她。

回到阿玉的家，已是黃昏時候，阿玉以為她出了事，緊張得什麼似的，三番四次的到門口張望，直至看到妹妹的影子，才呼出了一口氣。

「阿綢，你跑到什麼地方去了？害得人家好耽心。」一見面，阿玉就埋怨起來。

「緊張什麼嘛？我又不是三歲小孩子！」阿綢微微地喘著氣，疲乏地向姊姊一笑。剛剛病癒的她，奔波了一個下午，又受了兩次刺激，身心兩方面都已夠累的。她的臉色蒼白，但是，在蒼茫的暮色中，阿玉並沒有察覺出來。

在飯桌上，阿綢興奮地向姊姊和姊夫報告她今天的收穫。阿玉雖然怪她不該在病後這樣急著去找工作；不過，想到謀生不易，既然她找到了這樣一個高尚的人家去幫傭，也就不便阻擋。

二十

那個晚上，阿綢早早就上床去，她要好好的保養身體，養足精神，使得明天在新主人家裡有良好的表現。

阿綢的生命，在沈家又展開了新的一頁。

在沈家的工作，跟方家又略有不同，方家有四口人，其中兩個是女孩子，所以顯得很熱鬧；沈家只有夫婦兩個，沈先生是個高級公務員，他們的獨子在美國留學，家中經常只有沈太太一個，整間屋子靜悄悄的。以往，方太太常常幫她工作；現在，沈太太卻是全權把家事交給她。

阿綢很喜歡沈太太，喜歡她文雅的外表，喜歡她溫柔的性情；可是阿綢不明白，沈太太為什麼一天到晚趴在桌子上寫東西，所用的紙，跟趙天國他們用的一樣，都是一格一格的，寫了一張又一張。趙天國他們是辦雜誌，沈太太又不辦雜誌，為什麼天天在寫呢？

直至有一天，她的疑團方才打破。

她去打掃沈太太的房間，沈太太的書桌上攤關了一張有格的紙。阿綢好奇的走近一看，不看猶可，一看立刻兩頰緋紅，原來沈太太在「作文」，題目正是「我家阿綢」。

「啊！太太在寫我，不知道她怎麼說我呢？」阿綢冒著偷看的罪名，好奇地看下去。沈太太的「作文」還沒有寫好，只寫了兩段，裡面全是說阿綢的好話，說她漂亮，說她聽話，說她能幹，尤其把她說國語的能力大大稱讚了一番。

我那裡有她所說的這麼好？阿綢臉紅紅地在想，當然，在心裡也不免因此而暗暗有點得意。看完了「作文」，她無意中又發現在題目下面寫著「湘靈」兩個字。

難道太太就是有名的女作家湘靈？怪不得整天看見她跻在桌子上寫東西啦！在她的書架上有許多湘靈的書，我還以為她只是湘靈的崇拜者呢！方令方芷兩姊妹就是最崇拜湘靈的，她們買過她許多書，而我也通通看過，我也很崇拜她哩！想不到居然當了她的下女，方苓姊妹知道我認識她，不知會多羨慕啊！

想著，想著，沈太太已從盥洗室出來了。阿綢興奮地迎著她說：「太太，你就是湘靈，是不是？」

「啊！阿綢，你看到我的稿子了。我本來也打算給你看的。你說，我那樣寫好不好？」沈太太也很高興地說。

「太太，你把我說得太好了。」

「你本來就是那樣嘛！阿綢，你以前怎會知道我的名字的？你看過我的小說？」沈太太說。

「嗯！我在以前的主人家裡讀過太太的許多小說，他們的兩個女兒都很崇拜太太哩！」阿綢帶著點得意的表情。

「阿綢，你別討我歡喜了。你這樣愛看書，書架上的書儘管拿來看吧！不過，你看完得放回原處，不要弄髒弄皺，也不要拿出去借給人看知道嗎？」沈太太笑著說。

「太太，你真好！謝謝你！」

「對了，阿綢，我昨天在你房間的桌上發現有幾本內容不太好的雜誌，是你在看的嗎？你為什麼會買那樣的雜誌呢？」沈太太坐了下來，望著阿綢說。

阿綢的臉陡然一紅。「太太，那是我以前的另外一個主人給我的，那是他們自己辦的雜誌。太太，那是一本壞的雜誌嗎？」對這個世界，阿綢永遠有著太多的好奇，到現在為止，她還不懂得什麼是好的雜誌，什麼是壞的雜誌哩！

「這個嘛！」沈太太想了一想說。「很難說的。不過，我們可以說，這類專門揭人陰私、散布色情的刊物是不道德的，而且有害於青年人的身心。阿綢，你以後還是不要看為妙。」

「是的，太太。」阿綢點著頭，似懂非懂。一方面，她又為自己的脫離趙天國感到欣慰，她想：趙天國在搞不道德的雜誌，一定是個壞人囉！等一下我要把那幾本雜誌燒掉。

「阿綢，我這裡有許多有益的書，你隨時來拿去看啊！」沈太太又說。

「好的，太太。你說過要教我讀書，什麼時候有空呢？」趁著主人高興，阿綢大膽地提出了她的要求。

「哎呦！我的記性真壞！對的，我答應過你的。你先告訴我，你想讀那一方面的書，我們再來決定時間。」沈太太一口氣就答應了她。

「我想讀英文和國文。」

「好！那我們就上午上一小時英文，晚上上一小時國文吧！」

「太太，這樣會不會妨礙你的寫作時間呢？」新主人對她這樣好，使得阿綢頗有感激零涕之感。

「不要緊的。假使我能夠灌輸你一點學識，那收穫又在寫作之上了。」沈太太微笑著說。

上第一次英文課時，阿綢又向沈太太提出一個要求，要她先教她寫英文信封，接著，她就把自己跟林淑惠老師的往事說了出來。她在英文補習班只上過一個月課，那個補習班並沒有教學生練字，所以，阿綢的英文字始終寫不好，看起來就像一條條蚯蚓，自從來到沈家以後，阿綢就一直想寫信給林老師，不過，這次她決心要自己寫信封。

沈太太被阿綢的故事大為感動，當天，就買了幾本英文習字帖給她，叫她每天練習兩頁。一個星期以後，阿綢的英文字已勉強可以見人了，終於，在沈太太的指導下，阿綢很困難地像畫圖似的慢慢寫成了第一個英文信封。

阿綢高興得像中了獎。她一面流著快樂的眼淚，一面給林淑惠寫信：

林老師：

很久沒有給您寫信了，非常想念。您好吧！

這次的信封是我自己親手寫的，雖然寫得很醜，但是我還是很高興，因為我終於能夠寫英文字了。老師您看了也會高興吧？

我已經離開方家，現在沈家工作，女主人是一位有名的作家湘靈，老師，您聽過她的名字嗎？

阿綢在這封信的後半截，完全是描寫沈太太的為人怎樣好，以及對她又多麼仁慈；至於她自己離開方家後的情形，就一句也沒有提到。這一半是由於自卑感，一半也是不願意林淑惠替她難過……。

事情已過去了，再提又有什麼用？現在的阿綢，對世事已經懂得很多很多，思想也不像以前那麼幼稚？

懷著一顆充滿期待的心，阿綢慎重地把那個淡藍色的航空信封丟到郵筒裡去。

沈太太每天上午教阿綢一個鐘頭的英文，那是按著初一的英語課本來教的。晚上，她教她國文，可就不這麼呆板了。初一的國文課本她雖然也採用，但卻是選著來讀。此外，她還採用活的教材，像每天報上所登的小說和散文、雜誌上的一些適合阿綢程度的有意義的文章等，她都選來教阿綢。同時，她還教阿綢寫信；她說，現在有許多大學生連一封信都寫不通，這就是我們目前國文教學失敗的地方，她主張一個學生想學好國文，必須先懂得寫信。然後，她又規定阿綢一個禮拜作文一次；每次她都仔細修改後還給她，叫她重抄，並且研究她為什麼要那樣改。

在沈太太耐心而有效率的教導下，阿綢的國文和英文程度神速地在進步。遇到這樣一個好主人，她真是快樂得要跳起來；現在，她似乎已沒有別的希望了，只要沈太太不辭退她，只要沈太太肯繼續教下去，世界上還有什麼值得她去追求的呢？

二十一

林老師一直沒有回信，這使得阿綢在快樂的心境中蒙上一層陰影，她一定是怪我這麼久才寫信去，要不然，就是把我忘了。

大概是在她發信的半個月後吧？一天，阿綢打開大門上的信箱，在幾封來信中，赫然發現自己寄給林老師的信也躺在裡面，信封上蓋溝了英文字的戳印。

為什麼又退了回來呢？難道我寫錯了字，或者美國的郵局職員看不懂我拙劣的字跡？阿綢悲哀地捧著信去找沈太太，問她這到底是怎麼一回事。

沈太太看了看信封上的戳印，告訴阿綢，印上的英文字是說「本址查無此人」；這樣看來，林老師大概是已經離開了那個地方。

阿綢嗒然若喪：我是個多麼忘恩負義的人！我今天的能夠讀書識字，完全是林老師之功；而我，卻因為忙著跟董漢中談戀愛而一年多沒有寫信去。現在，我跟她失去聯絡了，怎麼辦？到她的家裡去問嗎？幾年沒有上過門，天曉得老太太還記得我不？

有一天，她在廚房裡工作，心中正為這件事懊惱著，沈太太卻在她自己的房間裡大聲喊她：「阿綢快來！你看奇蹟出現了。」

她匆匆趕進沈太太房間裡，沈太太正在拆信，書桌上堆著好幾封來函。

「阿綢，你出名了！你看，這裡有兩封信是給你的哩！」沈太太笑著，遞給阿綢兩封信。

阿綢接過來一看，兩封信的開頭都寫著「湘靈女士」。她不解地問：「太太，這是你的信嘛！」

「不錯，這是我的信，但是，發信人都是詢問關於你的事。她們是看了我那篇〈我家阿綢〉以後，寫信請報社轉給我來打聽你的情形的。你快點看信呀！其中一封是林淑惠寫的，她不就是你的林老師嗎？原來她已回到臺灣來了，怪不得你的信退了回來啦！」沈太太向阿綢解釋著。

阿綢急不及待的先讀她林老師的信，信是這樣寫的：

湘靈女士：

拜讀了大作〈我家阿綢〉，這使我想起了我幾年前教過的一女孩子，她的名字、外貌和身分，都跟您所描寫的雷同。我想：世界上不會有這樣巧合的事情吧？您家裡的阿綢是否就是我的學生阿綢呢？請您問問她是否認得我，假如是的話，請她寫信來跟我聯絡；或者把府上地址告訴我也可以。

打擾了，謝謝！敬祝

著安

林淑惠上

「太太，她就是我的林老師！她就是我的林老師！她真的回國了。她的通訊處是新店明德女中，她人概是在那裡教書吧？太太，我下午就去看她好不好？」捧著信，阿綢高興得流出了眼淚。

「當然可以！不過，你先看另外一封信呀！」

另外一封信的發信人是方芷，一看到那熟悉的字跡，想到她們之間過去的友情，阿綢又感到無限的惆悵。

湘靈女士：

我和我的姊姊方苓，一向是您忠實的讀者。今天，看到了您那篇〈我家阿綢〉：才知道我們之間又多了一層關係，原來，您家阿綢也就是從前的「我家阿綢」，您說巧不巧？我們姊妹從小跟阿綢一塊兒長大，情同手足？後來她因事離開我們家，我們都很想念她，您是否可以把尊址見告，讓我們前來矚仰您的丰采，並且跟阿綢敘舊呢？

謝謝您。敬祝

文祺

晚方芷敬上

「啊！方姊姊，我對不起你們！」讀完了信，阿綢忍不住哭了。

「阿綢，你怎麼啦？」沈太太驚訝地問。

「太太，我不知道先去看誰好？林老師是第一個教我讀書識字的人，但是，方家的每一個人卻是我的救命恩人。」在情緒的激動下，阿綢不禁自動的把當年她在大水中被方家救起的往事告訴了沈太太；至於後來的離開，她只簡單地說因為方太太不准她晚上去補習英文，而把自己交太保男友的事略開。

聽完了阿綢的敘述，沈太太又是一陣感動。她替阿綢計畫著：「你還是先去方家吧！第一她們往在市內，你又認得路，在她們下班下課的時候去，大約不會撲空的。至於林老師，你先寫封限時信，跟她約好時間再去吧！路那麼遠，要是找不到人那該多冤枉！就這樣吧！你下午四五點動身到方家，不要回來燒飯了，他們一定會留你吃飯的。還有，阿綢，這兩封信你應該好好保存，它們不但有紀念性，而且都寫得很簡潔流暢，值得你學習，你有空的時候要常常拿出來讀讀哩！」

「當然！我不但每天讀，而且要天天吻它們呢！」說著，阿綢甜甜地一笑，把兩封信拿到嘴邊吻著，那可愛的樣子，使沈太太看了非常開心。

那天下午，阿綢打扮得整整齊齊的，向沈太太請了假，買了一簍水果，懷了一顆忐忑的心，坐車到了方家。當她走進那條熟悉的巷子，站在那棟她住了幾年的平房面前按著門鈴時，心中又是感慨萬千。

出來開門的正是方芷，她現在已是個大三的學生，比以前長大得多了。她一看見阿綢，就像個小孩子似的從院子裡蹦跳出來，一把拉住阿綢的手，大叫著：「阿綢！阿綢！你終於回來了！」

阿綢略帶羞澀和不安跟她走進屋裡，方芷又嚷著：「媽，快點出來，阿綢來了。」

開始架上了老花眼鏡，黑髮上也摻雜了幾根銀絲的方太太看來比以前蒼老了。阿綢看到她，連忙深深一鞠躬，嘴裡說著：「方媽媽，您好！」

「阿綢，我很高興又看到你，你長大了，也更漂亮了。」方太太一面打量著阿綢，一面讚許地點著頭。

「方苓姊姊呢？」為了掩飾不安，阿綢就這樣問。

「方苓結婚了。」方太太說。

「真的嗎？恭喜你們了——我錯過了她的婚禮真可惜——她是跟——」阿綢問。

她的話還沒有說完，方芷就搶著說：「當然是跟陶宗遠嘛！還會有誰？你出現得實在太遲，不但參加不到他們的婚禮，而且也見不到他們，因為他們已經雙雙到美國去了。昨天，我還把那篇〈我家阿綢〉剪了寄給她，好讓她高興。阿綢，你真有辦法，找到了湘靈那樣有名的主人，快告訴我，她是什麼樣子的。」

「二丫頭，你真是永遠長不大，你跟阿綢這麼久沒有見面，也不問問她別後的情形，儘講這些廢話做什麼？」方太太笑罵著。

「媽，你別管我們嘛！我們就喜歡談這些。阿綢，我們到我屋裡去，省得給媽聽見。」方芷笑著就去拉阿綢的手。

「好！我不管你們。這樣吧！阿綢，我去做飯，你可要吃了飯才回去呀！」方太太站了起來。

「方媽媽，我——」阿綢扭捏地推辭著。

「阿綢，你敢不答應，我要跟你絕交了。」方芷一把就把阿綢拉進了房間裡，一面又高聲向她媽媽說：「媽，你不用問她了，多燒幾個好菜就是。」

「你這個丫頭就是嘴饞！」方太太笑著又罵了一聲。

兩個女孩走到方芷的房間裡。原來擺著兩張單人床、兩張書桌再加上一張行軍床的房間，現在只剩下一張床和一張書桌，此外，還有一個衣櫃，一個書架和一張沙發，布置得比以前舒適多了。

「方姊姊，你現在一個人住好舒服啊！」阿綢說。

「阿綢，你回來吧！回來就可以跟我住在一起。」

「這樣，我太對不起沈太太了。」

「你再給她找一個人就是。」

「方姊姊，這件事我們以後再談好嗎？」阿綢懂得「好馬不吃回頭草」這個道理，她從來沒有想過要回方家來工作這個念頭，於是她俯身注視著書桌上金色鏡框中的彩色照，轉移話題說：「呀！方苓姊姊穿了新娘裝好漂亮啊！」

照片中的方苓，披著頭紗，手捧鮮花，偎依在溫文爾雅的陶宗遠身邊，笑得很甜。阿綢忽然想起：她自己連新娘服都沒有穿過哩！那天她跟趙天國從法院出來，到照相館去拍照時，攝影師問她要不要租一套新娘服來穿，趙天國馬上就一口拒絕，當時，曾使得阿綢暗自傷心不已。現在想起來，趙天國經常對她所表現的獨裁與小器的作風，到底是天性吝嗇還是對這份婚姻根本不重視，竟是一個疑問。

「阿綢，你怎麼啦？」方芷看見阿綢在發呆，就關心地問。

「沒什麼，我被方姊姊的美迷惑了嘛！」阿綢連忙掩飾地一笑。

「阿綢，老實告訴我，你有男朋友了沒有？」方芷搭著阿綢的肩膀，直直地望著她。

「沒有嘛，你呢？」阿綢立刻嬌羞地低下頭。

「我才是真的沒有！我們讀理科的，忙都忙死了，那裡有功夫談戀愛？我知道你一定有的，我從你的眼睛裡看得出你是在騙我。不行！你快點說出來！」

「你不是要聽關於湘靈的事情嗎？」阿綢連忙又想轉移話題。

「不，我現在不要聽她，只要聽你的。」方芷在撒賴著。「方姊姊，你真壞！」阿綢嬌嗔著。知道瞞不過她，只好幽幽地低下了頭。「有是有過的，不過現在早就吹了。」「真的？阿綢。告訴我，他是怎樣的一個人？」方芷大感興趣，緊緊握住了阿綢的手。

「他是一個太保，——」阿綢的眼圈一紅，就把下面那句話咽回去，本來，她想說「他騙了我」的。

「啊！阿綢，他怎樣了？」方芷緊張地問。

「其實也沒什麼，」阿綢咬了咬嘴唇皮，裝了一個微笑。「他是個壞人，女朋友幾乎有一打。」接著，她就坦白地把自己跟董漢中認識和來往的經過都告訴了方芷，只是略過了她和董漢中的親密關係而不提。最後她又模仿銀幕上西方人的動作，雙手一攤說：「現在他為了跟人打架，怕少年組找他麻煩，已經躲到高雄去了。」

「阿綢，你有他的照片嗎？給我看看好不好？我知道，你一定很喜歡他，只可借他是個太保。」方芷對阿綢的事愈來愈感到興趣。

「沒有！我沒有他的照片。方姊姊，我們不要再談他，談點別的事情好嗎？」阿綢說。事實上，她真的沒有董漢中的照片，原來他送她的那一張，在她嫁給趙天國以後，為了怕他妒忌，早已偷偷燒燬了。

「好！那我們來談湘靈吧！過幾天我去找你，順便帶她的書去請她簽名，你想她會不會不高興？」好不容易，方芷總算停止了發掘阿綢祕密的企圖。

於是，兩個女孩子開始噥噥唧唧地談論她們所崇拜的作家，阿綢更是不厭其詳地把她所敬愛的女主人的生活細節一一告訴她的好友。這樣，一則可以防止方芷再打聽她的私事二則，也可以藉此忘記心中的隱痛。

「你們兩個瘋丫頭呀！大這樣暗，都不曉得開電燈！開飯了，來吃飯吧！」不知道什麼時候，方太太走進了房間，替她們打開電燈。兩個女孩子這才發覺，原來窗外的天色已完全黑暗了。

方芷挽著阿綢的手走到飯廳，方先生已經下了班回家。阿綢有點害怕地向他鞠躬行禮，方先生卻是禮貌而親切地招呼著她。

當大家圍坐在飯桌上時，第一個舉起筷子說「歡迎阿綢回家」的，也就是這裡的一家之主——方先生。

「謝謝你們！」阿綢羞澀而不安地回答著，眼圈不禁又是一紅，因為她想起她自己失去的兩個家——死去的雙親和弟弟，以及她和趙天國共同組織、只維持了三個月的小家庭。

二十二

很快的，阿綢就收到了林老師的回信，約她到明德女中去見面。

到了約定的那一天，阿綢又向沈太太請了假，懷著一顆跳動著的興奮的心搭上了開往新店的公路車。

下了車以後，走過吊橋，按著林老師來信所附的地圖，阿綢走到一條新舖的水泥路上。路的兩旁都是稻田，禾苗初長，一片青葱，春風拂過，形成了一層層美麗的碧波，看來非常悅目。

路的盡頭就是明德女中，一幢幢黃色白色的新型建築物，座落在綠蔭掩映中的校園裡，景色十分清幽。阿綢走到大門旁邊的傳達室去怯怯地問：「請問林淑惠老師在那裡？」

當傳達的工友很客氣地告訴她，走進中間那幢大樓穿過去，走過操場，靠著左邊圍牆的一幢淡黃色小洋房，那就是校長公館。

「校長公館？林老師住在校長公館裡？」阿綢驚疑地問。

「是呀！林老師就是校長夫人嘛！小姐你難道不知道？」工友笑著說。

「哦？你們校長是誰呀？」

「許永華先生。」

「哦我知道了！我認識許先生的。」阿綢恍然大悟，原來林老師已經跟許永華結婚。他們能夠住在這麼優美的環境中，多麼令人羨慕啊！想起了許永華當年那種滑稽有趣的表情，她幾乎要笑出聲音了，他現在當了校長，會正經一點嗎？

阿綢謝了那位工友，就邁著輕鬆的步子，照他所說的話往前走。一路上，她看見了很多比她小一點的女孩子，穿著白襯衫和淺藍色裙子，在暖暖的春陽下，三三兩兩地在一起談談笑笑；操場上的，穿著運動衣褲，在球架下飛躍，在球網兩側奔馳。把青春的韻律、青春的美麗、青春的歡樂，一一表現無遺。一時間，阿綢的愉快心情消失了；我的命運為什麼這樣壞，就不能夠像她們一樣過著無憂無慮的學生生活呢？今年，我已經十八歲了，這個年齡，別人將是個大學生，而我，還在家裡念初一的課本；將來，恐怕永遠也沒有機會進學校了吧？

穿過操場，果然看見了一幢前面圍著小草坪的淡黃色小洋房，草坪上種滿了各色的花朵，遠遠看去，美麗得就像童話中的糖果屋。阿綢強自抑制著自己惆悵的心情，帶著笑容，走過草坪中間的小徑，踏上了小洋房的臺階，用顫抖的手按響了門鈴。

一會兒，一個年齡與她相若的少女出來開門，阿綢說明瞭要找林老師，少女就禮貌地請她到客廳裡去。

呀！林老師的客廳布置得比沈太太家的還要講究。壁爐、鋼琴、地毯、皮沙發、落地大燈、巨冊的燙金洋裝英文書，還有古里古怪的巨幅油畫。阿綢雖然並不懂室內布置，但是，她直覺得出：沈太太的布置是東方風味的，林老師家卻是西洋化的，這也許因為他們夫婦都是留學生的關係吧！

阿綢還沒有把室內的裝飾完全看完，林淑惠就出現在客廳門口了。

「林老師！」阿綢站起來激動地奔向前去。

「阿綢，你已經長大成為一個美麗的大姑娘了。」林淑惠緊緊拉著阿綢的兩隻手，微笑著打量她。當林淑惠九年前第一次發現阿綢時，阿綢還沒有她肩膀高，現在，兩個人對站著已分不出高矮。

「阿綢，我真高興又看見你，你為什麼最近兩年都沒有信給我呢？我把你以前的信弄丟了，失去了方家的地址，所以一直沒辦法跟你聯絡。幸虧看到了湘靈女士的文章，要不然，真不曉得我們能不能再見面。阿綢，你現在很好吧？」林淑惠拉著阿綢的手，兩人並排坐在一張長沙發上。她穿著一套淺灰色的亞麻布衣裙和一雙黑色高跟鞋，打扮得非常大方樸素，已完全不是去國前那個帶點東洋味道的國校老師模樣，不過，笑容卻還是那麼甜。

「林老師，我曾經因為一點小誤會而離開了方家，在路旁做擺販。那時，我覺得很自卑，很對你不起，所以不敢寫信給你。一直到最近，我到了湘靈女士家裡工作，才又再寫了一封信去，想不到卻退了回來。」阿綢很難為情地，低頭解釋著。跟林老師見了面，她反而不敢說出自己已會寫英文信封的事實？

「啊！原來這樣！我們在半年前就已經回到臺灣來了。」

「林老師，我忘記了恭喜你們啦！許校長在家嗎？」阿綢忽然間想起了剛才傳達處那個工友的話。

「謝謝你，阿綢，我們是在美國結婚的，要不然，我們一定要請你喝喜酒的。」一聽阿綢現在說話這麼乖巧，林淑惠直樂得眉開眼笑。「永華他有點情去了臺北，等一下就要回來的。」

「林老師，你今天要不要去上課？」阿綢又問。

「我下午沒有課，所以才約你來的。」林淑惠把身體靠近阿綢一點，拉著她的一隻手，又說：「阿綢，你知道我為什麼要約你來嗎？」

「我們分別很久了，你想看看。對不對？」阿綢想了一想，就這樣回答。

「當然！這是我約你來的主要原因。另外一個原因是——」林淑惠說到這裡，頓了一頓。

「阿綢，我先問你，你現在還想念書不？」

「為什麼不呢？現在還是每天由沈太太教我讀英文和國文呀！」阿綢以為林老師誤會她現在不愛讀書了，竟急得滿面通紅。

「阿綢，你還想進學校嗎？」林淑惠微笑著又問。

「進學校？」阿綢搖搖頭？「不，我早已不敢這樣想了。我已經十八歲了，誰要我這個老學生？」

「假如人家不嫌你大呢？」

「我也沒有錢繳學費。」

「假如連學費都不要交呢？」

「世界上那裡有這樣的學校？」阿綢懷疑地望著林淑惠。

「那間學校就在你眼前。」林淑惠笑了起來，露出一嘴白白的牙齒，非常好看。

「林老師，你是說──」阿綢的心砰砰地跳著。

「阿綢，告訴你吧！明德女中要收你做初一的學生，你肯來嗎？我們這裡是全體住校的，你吃住都在學校裡。放學後幫忙做點雜事，我們不收你任何費用。好嗎？現在，只要你一點頭，馬上就是個中學生了。」

「你真的不認為我年紀太大？」阿綢還在躊躇著。

「大一點有什麼關係？你現在十八歲，讀到高中畢業也不過才二十四歲，還年輕得很哩！」

「你們要不要考我？我的算術恐怕不行哩！」

「不要考，我收你進來做學生，誰也反對不了。這間學校，我父親原來就是校董，後來，他因為我和永華出國學的都是教育，他就把全部股份收買過來。我們回來，他本來要讓我做校長的，我覺得女人不應該壓在丈夫頭上，就讓給了永華做，自己擔任了訓導主任的工作，還兼教英文。初一的英文我也有課，以後你就真真正正的做我的學生了。」

「林老師，你對我太好了，我怎樣來報答你呢？」想到自己想做學生的美夢忽然實現了，阿綢快樂的流出眼淚來。

「傻孩子，哭什麼？你應該笑才對嘛！」林淑惠愛憐地輕輕拍著她的手背。「說起來很奇怪，自從九年前我發現你偷偷躲在教室外面聽我講課那一刻起，我就覺得自己有義務去幫助這可憐的小女孩。後來，我們幾次的失去聯絡，我都覺得很難過。回國後，有了自己的學校，我想：要是我知道阿綢在那裡多好，我已經可以真正的幫助她了。現在，上帝果然安排我們又見到面，這不是我們有緣是什麼？阿綢，笑一笑！在這所學校裡，你將會過著安全、愉快而有規律的日子，苦難不會再來折磨你了。」

「是的，林老師，我也相信我是苦盡甘來了。」阿綢勉強扮了一個笑容，一面嗚咽著，套用了一句她常常在書上讀到的成語。「但是，沈太太對我也很好，我怎好意思離開她呢？」

「假使沈太太真的愛護你，她一定會為你的前途設想，放你走的。關於這一點，你不用擔心，我會寫一封信給沈太太，替你說明一切的。現在，我帶你到校園裡到處走走，等一下回來吃晚飯，到時，你就可以看到許老師了。」林淑惠站了起來說。

她帶著阿綢，走到校園裡，首先到宿舍去參觀。那是一列三層的建築物，裡面每一層都是兩排相對的房間，每一間房間有兩張雙層床、四張書桌、四把椅子、四個櫃子，收拾得都很整潔。一想到不久之後自己就要住到這個新鮮的環境裡，阿綢就興奮得想大叫大笑。

接著，林淑惠又帶阿綢去參觀了飯堂、圖書館、大禮堂、教室和辦公廳。走到每一個地方，無論碰見什麼人，對方都禮貌而恭敬的向林淑惠打著招呼，同時，也都會對阿綢投以讚美的一瞥。尤其是那些女學生，都用羨慕的眼光看著阿綢，然後就交頭接耳地噥噥唧唧，阿綢隱約聽到的，無非是一些「好美啊」、「玉女」等等字眼，這使得她不禁又羞又喜。

當她們倆參觀完畢，回到家裡時，許永華已經回來了。他一點也沒有變，依然是當年那個高大、風趣的青年，只是服裝變得比前考究一些。

阿綢一看見他，立刻恭恭敬敬的一鞠躬，說：「許校長，您好！」

「淑惠，這位美麗的小姐是誰？」許永華慌忙從沙發上站了起來，愕然地問。

「她就是阿綢嘛！我不是跟你說過，她今天要來嗎？」林淑惠笑著說。

「這就是當年那個拖著兩道鼻涕的小孤女？誰相信，醜小鴨變成了鳳凰啦！」永華驚訝地大叫了起來。

阿綢掩著嘴在偷笑。「黃毛丫頭十八變嘛！有什麼稀奇的？你別少見多怪！」林淑惠白了她丈夫一眼。

「所以，阿綢，你林老師也變得漂亮了，你說是不是？」許永華扮了個鬼臉偷偷向阿綢說。

阿綢低頭一笑。

「阿綢已經長得這麼大，我老都老了，還漂亮什麼？阿綢，我們到房間裡去談正經事，不要理他。」林淑惠說著，輕輕推了她丈夫一下，就領阿綢走到裡間去。

在林淑惠布置得非常西化的房間裡，她替阿綢量了身，準備替她做制服；她又告訴阿綢，住校所需用的東西她全部會給她設法，叫她不必在外面花錢買。然後，林淑惠打開一個嶄新的藍色箱子，取出一件橘紅色的大衣來，對阿綢說：「阿綢，你試穿穿看合身不合身？」

阿綢聽話地把那件大衣穿起來，鮮豔的橘紅色陪襯得她的肌膚更白更嫩，高貴的料子和新穎的式樣使她看來像個富家小姐。

「阿綢，這件大衣你喜歡嗎？」林淑惠坐在床沿上問。

「它真好看。是你的嗎？林老師。」阿綢說，一面用手撫摸著大衣的領口。

「現在是你的了，你可以留到冬天的時候再穿。」

「為什麼呢？林老師，你要送給我？」阿綢的眼睛睜得大大的，她簡直不相信自己的耳朵。

「嗯！我在美國要回來時本來就準備要送你一樣禮物的，但是因為你沒有信來，我沒有你的地址，不知怎麼辦才好。後來，我買了這件人衣，這個式樣這種顏色都是很適合你，而我也喜歡的；我想：回來要是找不到你，就自己穿吧！結果，我只在過年的時候穿過一次，因為它的顏色太豔，我覺得跟自己的年齡不配。我今年已經卅歲啦！」

「不！林老師，你留著自己穿吧！我穿起來更不配。」阿絹說著就把大衣脫了下來。

「阿絹，坐下來，你聽我說。」林淑惠把阿絹拉過來，跟自己並排坐下。「你不要推辭，我是誠心送給你的。我永遠不能忘記九年前那個冬天，我在街上碰到你，我穿著大衣還覺得冷，而你只穿著兩件薄薄的破衣，凍得嘴唇發紫。那時，我沒有能力送你好衣服，只能把家裡的舊衣服給你；現在，我送得起你大衣了，你怎好意思拒絕呢？乖乖的拿回去穿，那才是個好孩子。知道嗎？」

「林老師，你待我太好了，我怎樣才能報答你呢？」幸福充滿在阿絹的心裡，淚水溢滿在她的眼眶內，她開始嗚咽起來。

「不要再講這樣的話。我們有緣，我有責任要使你快樂的。」林淑惠輕輕拍著阿絹的肩膀。

「你們兩個人幹麼躲在房間裡嘰唧大半天呀？快點出去吃飯吧！我肚子餓扁啦！」許永華走進房間裡大聲地嚷著。

「來啦！來啦！看你這副饞相！」林淑惠笑著，拉起阿絹的手，三個人就往飯廳裡去。

二十三

現在的阿綢，常常有著在夢裡的感覺。在沒有人看得見的地方她就會偷偷地使勁的咬一咬嘴唇皮，或者捏一捏自己的大腿，試試會不會疼痛，以證實自己不是在做著一個美麗的夢。

可不是嗎？一個貧苦無依的小孤女，連國民學校都沒有讀過，如今，忽然變成了一個正正式式的中學生，誰說這不是奇蹟？

穿起了白衫藍裙的阿綢，比以前顯得更清麗可愛了。她把頭髮剪得短短的這使得她看來只有十五六歲。她那雙大大的黑眼睛；因為愉快和滿足而經常閃耀著寶石似的光芒；小小的嘴巴，經常帶著甜蜜的微笑。

比她小了五六歲的同班同學都很愛戴這個新來的朋友，她們喜歡她美麗的外貌，也同情她過去的遭遇。當阿綢第一天來上課時，是林淑惠親自把她介紹給導師和全體學生的。林淑惠約略把阿綢過去悲慘的經歷講給她們聽，說明這就是她的年紀為什麼比她們大的原因。當天，下了課，小女孩們就圍著阿綢問長問短，並且親熱地稱她為「阿綢姐姐」；而她在宿舍裡也真的像個大姊姊般處處照顧這些小妹妹們。她仍然採用「阿綢」這個名字做學名，現在，她已不嫌這個名字俚俗了。「林雅愁」已經死去，阿綢還是阿綢，一個人還是安份守己一點比較好，妄想高攀，是必須付出很痛苦的代價的。

由於方苓姊妹以及沈太太都教過她初一課程的關係，阿綢的學業成績一開始就很好；尤其是國文和英文，她更是全班之冠。很快的全校的學生都知道初一來了一個聰明美麗的工讀生。每天下了課，阿綢要到訓導處去工作兩小時。整理報紙、接電話、收信、分信、給老師們跑跑腿；然後，到了自修的時間，她就回到宿舍裡去做功課。

她的日子過得很忙，也很有紀律。不到一個月，她的身體變壯了，臉色變紅潤了，阿綢已不再是那個蒼白瘦弱，多愁善感的少女，而是個康健活潑的女學生。

星期天，是最興奮的日子，她有許多地方可以去。她兩個姊姊——阿英和阿玉、沈太太，還有方太太和方苓，她們全都邀她每個星期日去玩。在分身乏術的情況下，她只好一個星期去兩家；這也就是說，她和這四家人要兩個星期才能見面一次，因此，大家每次見面，也就特別親熱。

這個星期天的上午，是阿綢去看沈太太的日子。今天，她又把上一週的作文帶去給沈太太看，那是沈太太吩咐他這樣做的，因為沈太太發現她在作文上進步得很快，要特別給她指導。

阿綢才踏上沈家的臺階，沈太太就從裡面跑出來，迎著她大聲的說：「阿綢，快點進來，有好消息哩！」

阿綢愕然地問：「是什麼好消息呀？沈太太。」

「你看，你的文章登出來了。」沈太太手中拿著一本雜誌指給她看。

怪事！雜誌上登出了一篇題目叫「我的童年」的文章，作者的名字正是「林雅愁」三個字。難道同名同姓不成？可是，那篇文章明明是我寫的。

「沈太太，這到底是怎麼一回事呀？」阿綢完全摸不著頭腦。

「你記得嗎？阿綢，當你把這篇作文給我看的時候，我不是叫你重抄一遍給我嗎？我認為你這篇文章寫得很感人——你知道，凡是用真感情寫出來的東西，都會比虛構的故事來得動人的——」沈太太微笑著說：「所以，我把它寄給這家雜誌的青年園地，因為你的文章夠水準，他們就採用了。阿綢，你高興嗎？你是個小作家了哩！」

「沈太太，你認為我這篇作文真的寫得還好？」阿綢的大眼睛飽含著快樂的淚水，聲音也因為激動而有些顫抖。

「當然，否則你的國文老師怎會給你打九十分？」

「沈太太，我認為這完全是你的功勞。」

「不是的，阿綢，那跟你的愛看書有關，我只不過是一個提起了你寫的興趣的人罷了！」

沈太太謙虛地搖了搖頭。

阿綢怔怔地望著自己那篇變成了鉛字的文章，不禁又有了在夢中的感覺。突然，她又想起了一個問題：「沈太太，你怎麼知道我曾經用過林雅愁這個名字的？」

「那還不簡單嗎？你忘記了你的課本上都寫著這個名字？真的，阿綢，這個名字美得很，是誰給你取的？」沈太太微笑著。

「是我去上英文補習班的時候自己取的，現在我已經不用了。」阿綢低著頭說。到如今，她仍然為跟這個名字有關的往裡而羞愧。

「我很喜歡這個名字。阿綢，你就把它當作你的筆名吧！」

「筆名？我要筆名做什麼呢？我又不是作家。」

「阿綢，你能夠寫的，我要你寫下去。」

「沈太太，我不會每篇作文都可以得九十分的。而且，我寫什麼好呢？」對自己的新「任務」，阿綢感到十分惶恐。

「你有一個不平凡的童年，這便是你取材的泉源，你那篇〈我的童年〉，只不過記錄了百分之一，可以寫的事情還多著哩！」沈太太用手按在阿綢的手背上，彷彿是要把力量傳給她，並且給予她信心。「阿綢，你不要以為你只是個初一的學生而自卑膽怯。以你的年齡和經驗，你已經可以開始習作了，最重要的是，你的文字表達能力也足夠應付。你願意寫的話，我也願意義務替你修改。」

「沈太太，你這樣愛護我和鼓勵我，我一定寫；不過，我很害怕我會使你失望？」阿綢的眼眶裡又充滿了淚水。

「你不要這樣講。我還有一件使你更驚喜的事哩！」沈太太站起來，走進自己的房間裡去。一會兒，她拿著一個小小的長方形盒子出來。

打開盒子，沈太太拿出裡面一個日字形的不銹鋼女錶，對阿綢說：「阿綢，從現在起，你不要再叫我沈太太，我喜歡你，我自己沒有女兒，想把你收做乾女兒，你願意嗎？」

「啊！沈——，乾媽！我又有媽媽了，我不是在做夢吧？」這突如其來的「喜訊」，使阿綢激動得無法自持，一頭撲在沈太太的懷中，就嗚嗚地哭了起來。

「傻孩子，別哭！你看乾媽給你的見面禮。」沈太太扶起阿綢，替她拭乾眼淚，拉起她的手，親自替她把手錶戴上，「這隻錶，我相信你一定很需要。」

「乾媽，謝謝你。你們都對我這樣好，叫我怎樣來報答？」阿綢還是嗚咽著。嶄新的手錶在她腕上閃閃發光，彷彿那就是沈太太對她的愛的光輝。

「好了，不要再哭，也不要再講這一類的話了。去洗一把臉，回頭你乾爹回來，我們三個人一同上館子去，慶祝我們這個好日子。」沈太太替阿綢掠著鬢邊的亂髮，就像一個慈愛的母親。

中午，沈先生回家，阿綢怯怯地叫了一聲「乾爹」，樂得沈先生哈哈大笑。

三個人一道到成都路去上館子，路上的人大家都羨慕這對中年夫婦有一個這麼美麗這麼可愛的女兒，又有誰會想到這可愛的女孩子過去曾經有過那麼淒涼的身世？

吃過館子，沈先生又買了一雙鞋子送給阿綢；於是，今天的阿綢，無論在精神和物質上都有了重大的收穫。

下午，她向她的乾爹乾媽告辭，因為她得去跟她的大姊阿英團聚了。

臨走的時候沈太太揮著手向她大聲喊：「阿綢，下次再帶一篇作文來，不要忘了你已經是個小作家啊！」

腕上戴著乾媽送給她的手錶，腋下夾著那本雜誌，一手提著鞋盒，阿綢的胸臆中充滿了歡樂和幸福的感覺，離關了沈家。這裡距離她童年的故居不遠，阿綢在搭公共汽車到阿英家之前，突然又有了要向淡水河的流水傾訴衷情的衝動；以前，我要向你訴說我的痛苦，今天，要訴說的卻是快樂啊！

她走過林老師的娘家——林內科醫院，走過她曾經在那裡旁聽過幾天的國民學校；然後，又一次踏上了第三水門。

現在已是初夏了，炎陽照在河面上，閃耀著粼粼的金光。微風吹來，一股混和著泥土、垃圾和水肥氣味的不愉快氣息立刻送入她的鼻管。這是她所熟悉的氣息，她是在這種氣息中生長的，並不覺得難聞。

在這種氣息中，使她又想起了可悲的童年；遙望她曾經和父母姊弟在那裡棲息多年的堤腳，現在已經沒有人敢在那裡居住，變成了一塊綠油油的菜畦。這使她想到了「滄海桑田」這句話我雖然還只有十八歲，可真是說得上歷盡滄桑呀！

唏噓著，阿綢坐在水門開關的鐵環上，打開帶來的那本雜誌，又一次的閱讀著自己的文章。她開頭這樣寫著：

我的童年是可悲的。我和我的雙親、兩個姊姊、兩個弟弟，住在淡水河畔一間簡陋的小木屋裡，過著貧窮的日子。在九歲以前，我一個字也不認識，以為人生除了吃飯、睡覺和玩耍以外，就沒有其他的意義。

直至有一天，……

後面她寫的是她自己到國民學校去偷聽老師講課，以及被老師發現了而自動教他讀書識字的情形，一共寫了兩千多字；這是她所寫過的最長的文章，也是那次班上最長的作文。老師不但給她打了九十分，而且還把它貼在教室裡，給全班同學欣賞。這篇作文，阿綢也拿去給林淑惠看過，由於寫的是她的事，林淑惠看完了以後也是眼圈紅紅的。

真想不到，乾媽竟替我送去發表；更想不到，編輯先生竟然也採用了。是的，我要聽乾媽的話，我要繼續寫下去。我要寫那個恐怖的颱風之夜；我要寫方家一家人給我的溫暖人情；我要寫英文補習班中的見聞（不，我不要寫這些，那會使我想起董漢中的）；我要寫兩個姊姊對我的愛；我要寫我擺地攤的經驗（就是不能提到趙天國）；我要寫我到處求職的經過；我要寫我的下女生涯；我要寫我怎樣自修；我要寫……。我要像沈太太湘靈女士一樣，名字經常出現在報紙的副刊上，還出版了一本一本的書，林雅愁，這個我原來想放棄掉的名字，真想不到它竟給我帶來好運哩！很多人都說過這個名字很美，將來，它真的能夠幫助我完成作家的美夢嗎？

想著，阿綢的眼光無意中又落在自己的文章上，她看到末段有一句：「……受了林老師偉大精神的感召，小小的我，從那個時候起，就立定志向將來也要當老師……。」啊！怎麼辦呢？我小時的確是立過要當老師的志願，就在這個地方，而且還被大龍取笑過。現在，我又想做作家了，這豈不既對不起林老師，也對不起自己嗎？

俯視著腳下滾滾而流的淡水河，阿綢如今唯一的煩惱就是：將來做一個桃李滿門的教師好呢，還是當一個著作等身的作家好？

畢璞全集・小說07　PG1326

春風野草

作　　者　畢　璞
責任編輯　陳佳怡
圖文排版　周妤靜
封面設計　楊廣榕

出版策劃　釀出版
製作發行　秀威資訊科技股份有限公司
114 台北市內湖區瑞光路76巷65號1樓
電話：+886-2-2796-3638　傳真：+886-2-2796-1377
服務信箱：service@showwe.com.tw
http://www.showwe.com.tw
郵政劃撥　19563868　戶名：秀威資訊科技股份有限公司
展售門市　國家書店【松江門市】
104 台北市中山區松江路209號1樓
電話：+886-2-2518-0207　傳真：+886-2-2518-0778
網路訂購　秀威網路書店：http://www.bodbooks.com.tw
國家網路書店：http://www.govbooks.com.tw
法律顧問　毛國樑　律師
總 經 銷　聯合發行股份有限公司
231新北市新店區寶橋路235巷6弄6號4F
電話：+886-2-2917-8022　傳真：+886-2-2915-6275

出版日期　2015年5月　BOD一版
定　　價　250元

國家圖書館出版品預行編目

春風野草 / 畢璞著. -- 一版. -- 臺北市 : 釀出版,
2015.05
面 ; 公分. -- (畢璞全集. 小説 ; PG1326)
BOD版
ISBN 978-986-6095-36-8 (平裝)

857.7 104003891

讀者回函卡

感謝您購買本書，為提升服務品質，請填妥以下資料，將讀者回函卡直接寄回或傳真本公司，收到您的寶貴意見後，我們會收藏記錄及檢討，謝謝！

如您需要了解本公司最新出版書目、購書優惠或企劃活動，歡迎您上網查詢或下載相關資料：http:// www.showwe.com.tw

您購買的書名：＿＿＿＿＿＿＿＿＿＿＿＿＿＿＿＿＿＿＿＿＿＿＿＿

出生日期：＿＿＿＿＿年＿＿＿＿＿月＿＿＿＿＿日

學歷：□高中（含）以下　□大專　□研究所（含）以上

職業：□製造業　□金融業　□資訊業　□軍警　□傳播業　□自由業

□服務業　□公務員　□教職　□學生　□家管　□其它＿＿＿

購書地點：□網路書店　□實體書店　□書展　□郵購　□贈閱　□其他

您從何得知本書的消息？

□網路書店　□實體書店　□網路搜尋　□電子報　□書訊　□雜誌

□傳播媒體　□親友推薦　□網站推薦　□部落格　□其他＿＿＿＿＿

您對本書的評價：（請填代號　1.非常滿意　2.滿意　3.尚可　4.再改進）

封面設計＿＿　版面編排＿＿　內容＿＿　文／譯筆＿＿　價格＿＿

讀完書後您覺得：

□很有收穫　□有收穫　□收穫不多　□沒收穫

對我們的建議：＿＿＿＿＿＿＿＿＿＿＿＿＿＿＿＿＿＿＿＿＿＿＿＿

＿＿＿＿＿＿＿＿＿＿＿＿＿＿＿＿＿＿＿＿＿＿＿＿＿＿＿＿＿＿

＿＿＿＿＿＿＿＿＿＿＿＿＿＿＿＿＿＿＿＿＿＿＿＿＿＿＿＿＿＿

＿＿＿＿＿＿＿＿＿＿＿＿＿＿＿＿＿＿＿＿＿＿＿＿＿＿＿＿＿＿

請貼
郵票

11466
台北市内湖區瑞光路 76 巷 65 號 1 樓
秀威資訊科技股份有限公司 收
BOD 數位出版事業部

(請沿線對折寄回，謝謝！)

姓　名：＿＿＿＿＿＿＿＿　年齡：＿＿＿＿　性別：□女　□男

郵遞區號：□□□□□

地　址：＿＿＿＿＿＿＿＿＿＿＿＿＿＿＿＿

聯絡電話：(日)＿＿＿＿＿＿＿＿(夜)＿＿＿＿＿＿＿＿

E-mail：＿＿＿＿＿＿＿＿＿＿＿＿＿＿＿＿